刘成信/主编

中国杂文
ZHONGGUO ZAWEN

（百部）卷一

何满子集
HEMANZI JI

吉林出版集团股份有限公司
全国百佳图书出版单位

图书在版编目（**CIP**）数据

中国杂文百部．当代部分．第 1 卷．何满子集／刘
成信主编；何满子著．-- 长春：吉林出版集团股份有
限公司，2013.1
ISBN 978-7-5534-1137-8

Ⅰ．①中… Ⅱ．①刘… ②何… Ⅲ．①杂文集-中
国-当代 Ⅳ．① I26

中国版本图书馆 CIP 数据核字（2012）第 288503 号

何满子集
HEMANZI JI

出 版 人	吴文阁
作 者	何满子
主 编	刘成信
责任编辑	金方建
封面设计	梁文强
开 本	650 mm × 950 mm 1/16
字 数	75 千字
印 张	11
版 次	2013 年 3 月第 1 版
印 次	2020 年 5 月第 1 版第 3 次印刷
出 版	吉林出版集团股份有限公司
发 行	吉林音像出版社有限责任公司
	吉林北方卡通漫画有限责任公司
地 址	长春市泰来街1825号 邮 编：130062
电 话	总编办：0431-86012893 发行科：0431-86012770
印 刷	三河市华晨印务有限公司

ISBN 978-7-5534-1137-8-02 定 价：28.50 元

《中国杂文》(百部)
总序

刘成信

一

人类的文学艺术,源远流长,丰富多彩。随着社会的推进、发展,其分门别类日益精细——从最初的歌曲、舞蹈、神话、故事等逐步演绎出诗、散文、小说、戏曲。直到上个世纪初,科学技术与文学艺术融合,又有了电影、电视剧等。

有一种文学艺术虽然在中国问世两千余年,由于后人未给予"名分",以致到二十世纪初,才从文学艺术谱系中分野出来,这就是古老而年轻的杂文。

人类和自然界大体都遵循适者生存的法则萌芽、生长与消弭。两千多年来,杂文本应与小说、诗、散文、戏剧、音乐、电影等姊妹艺术一道,繁花似锦、根深叶茂。然而,它没有像先贤们渴望的那样,而是纤弱,时生时灭,时有时无,同其他汗牛充栋的文学艺术作品相去甚远。

二

时序到1915年,中华文学艺术宝库迎来新曙光,一个精灵出现了——杂文在多灾多难的中华大地,被一些先知先觉的知识分子接受了!

杂文这个新成员一俟来到华夏，其特性便与众不同——首先是符合社会发展规律，它主张顺应历史潮流。它不重复生活，不还原历史，不演绎过去，而最突出展示将来，预期社会走势，判断人间是非。

杂文一俟来到华夏，便告之，它向往和平、民主、科学、自由、平等、人道、富裕及真善美；杂文憎恶专制、昏聩、愚昧、野蛮、特权、贪婪、奴性、虚伪及假恶丑。杂文与其他文学艺术既相通又有自己的特性。

杂文一俟来到华夏，就融于文学大家族，与各种文学艺术形成天然的血肉联系。它不像小说刻画人物，而是粗线条勾勒人与事；它不像诗、散文等那样纤细、抒情，而是明白如话，开诚布公。但杂文能够调动各种姊妹艺术如寓言、故事、说唱、戏曲、元杂剧等"为我所用"。

杂文一俟来到华夏，它就友好地"拿来"社会科学乃至自然科学的多种文化元素。它不是政治学，但只有不迷失政治选择，才能解析身边社会的变数；杂文不是社会学，但只有掌握瞬息万变的时代脉搏，才能适应人间丛林法则；杂文不是历史学，但人总应拨开历史雾障，略知历史长河的走向；杂文不是生理学不是心理学，但它能解剖人性、解读人生、理顺人际关系；杂文不是方法论，但它无处不闪烁思想方法光芒；杂文不是文艺学，但它评价文艺现象既深刻又形象；杂文不是美学，但每篇优秀杂文无不抨击假恶丑，无不向往美、赞扬美……

理解杂文、认识杂文，才能与杂文为友，才懂得杂文的大爱。杂文真的是半部百科全书。

三

杂文打捞历史风尘，知耻近于勇。杂文对于文化批判，社会批判，历史批判，人性批判，世世代代惹来不知多少是非。

嫉妒杂文、讨厌杂文者，甚至欲将杂文从百花园中斩草除根，所以，杂文往往难以长成大树，多少代都不能像其他文学艺术那般枝繁叶茂。有人说杂文偏激，有人说杂文片面，有人说杂文招惹是非，更有人对杂文产生各种各样的误解。以至于把杂文称之为乌鸦，恨不得把一切不祥之物都推到杂文身上。

杂文，曾为作者"惹"下多少祸根，有人曾因杂文葬送自己的大好前途，多少代杂文人曾为自己带来难以洗清的污秽。

然而，实践证明，杂文只能为民众造福，世世代代多少志士仁人，曾为杂文洗刷了一切不实之词，它为人们启蒙越来越受人们欢迎。

四

本书作者共计三百八十位，分当代、现代、历代。

我们试图把 1915 年《新青年》"随想录"诞生前的杂文划为历代，1915 年到 1949 年划为现代，从 1949 年到当今划为当代。

1915 年"随想录"之前称之为杂文，主要是根据作品性质、特点，而不是按刘勰在《文心雕龙》所谈的"杂文"。

当代作家选五十位，每人一部杂文，五十篇左右。另有合集十部，每部二十几位作家，共二百多位作家，四百多篇作品；现代作家二十位，每位五十篇杂文，七万多字，另有四十多位杂文作家，十部合集；最后选七十多位历代杂文作家，均为合集，每篇作品都有注解、题解、古文今译。

当代五十位杂文作家大体是根据五点遴选的。

一、杂文创作时间超过二十年；二、曾创作有影响的杂文作品在三十篇以上；三、曾创作经典性杂文作品；四、作品强调思想倾向的同时，艺术性也不为之忽视；五、曾在国内组织带领作家创作杂文卓有成就者。

二十多年来，我曾在助手们协助下选编各种版本杂文集五十余部，选编如此大型杂文丛书，对我是一种尝试，深知其难度。这部《中国杂文》（百部）整整花费我四年时间。杂文作品浩如烟海，读数百册杂文集、数百万篇杂文作品，难免挂一漏万，特别是这部大型丛书在国内尚无参照系，错讹在所难免，恭请诸位指正。

选编者 2012 年 11 月 10 日
于长春杂文选刊杂志社

目录

"一阔脸就变"古今谈

史载，春秋时用美人计让吴王夫差在西施怀里发昏，使越国得以报仇雪耻的大夫范蠡，因为看穿了越王勾践"可以共患难，不可以共安乐"，就功成、名遂、身退，溜之乎焉，改名换姓做生意去了。一说是他和西施谈恋爱，双双私奔，泛舟五湖去了。

后一说不见经传，多半是好事之徒的罗曼谛克的编造。对照同范蠡一样为勾践立下大功的大夫文种之不免一死，可知范蠡确有知人之明，走得很明智。勾践大概正如范蠡所云，是"不可以共安乐"的人，颇近于鲁迅所说的那种"一阔脸就变"的人物。

"四人帮"横行时期，用"民主派＝走资派"的公式，把大批老干部打进了牛棚，和小人物拴在一起。不少地位很高的人物，纡尊降贵地和小人物同挨斗，同请罪，同吃苦，同休戚；患难之中，彼此心灵相通，有的是共同语言。那时，彼此倾诉心曲，相呴相濡，大家都了解、同情对方的冤情。有些小伙子，不仅因为同病相怜，而且出于对老一辈人的敬仰和体贴，在劳动和生活上照顾得无微不至，那情景是十分动人的。

苦尽甘来，"四人帮"粉碎了，拨乱反正，落实政策，很多老干都重又回到了负责岗位。他们身受到极左路线的残害，恍然大悟挨整挨斗的滋味原来如此不好受。于是，对冤、假、错案的牺牲者产生了前所未有的同情，在待人处世的态度和作风上，也发生了很大的变化。这样的人，即使在做人的品格上说，也值得称颂的。

但也有一些"一阔脸就变"式的人物，在患难中，和小人物相处无间，而且约以如果有朝一日重见天日，一定彼此照顾，信誓旦旦，十分感人。但到了自己超脱苦海，青云得意，哪里还把旧日的情意放在心上！有的小人物，人微言轻，奔走无门，偏偏有些事情还正是他们昔日的"难友"掌管着，按政策也该解决的；但当小人物找上门去时，客气的还接见一两次，虚与委蛇一番；不客气的就干脆面都不照，碰见时也记忆力突然失灵，视同路人。这样的情况也并不少见，近两年来的文学作品里就反映得颇不少。

当然也还有极少数以怨报德的人，那就更恶劣，更不在话下了。

　　身处安乐而立即忘了患难之交的现象，是古今共有而且古今同慨的。偶然翻阅南宋无名氏撰的《朝野遗记》就读到如下一则：

　　（南宋与金）和议成，显仁后（高宗赵构生母韦氏）将还。钦庙（宋钦宗赵桓）挽其轮曰："第与吾归，但得为大乙宫主足矣！无他望于九哥（赵构行九）也。"后不能却，为之誓曰："吾先归，苟不迎若，有瞽吾目！"乃升车。既至，则是间所见大异。不久，后失明，募医疗者莫能效。有道士应募，导之入宫。金针一拨左臀，脱然复明。太后大喜曰："吾目久盲，得师复明，更烦终治其右，报当不赀！"道士笑曰："后以一目视足矣，以一目存誓可也。"后惕然……

　　韦后是徽宗的妃子，钦宗的庶母；高宗更是钦宗的兄弟。母子兄弟之称，为了怕赵桓回来可能争夺皇座，忍心让他蒙尘于异邦而老死。自己享受安富尊荣就行了，管别人什么死活！南宋人民对这种"缺德"的行为是不满的。特别对于韦后那样在敌人的凌辱下度过了十多年苦难的人，一旦重享安乐，就把患难中的亲属忘记得一干二净，更是鄙恨万分。但对这样的人，有什么办法呢？于是编造出这样一个能知过去未来的神通广大的道士，来抢白她一番出出气。这种舒愤懑的办法，终究也只是精神胜利法而已。

但是，此外又有什么办法呢？这是古今同慨的。

1980 年 9 月

【选自何满子著《画虎十年》广州文化出版社1989 年版】

剃光头发微

　　余生也晚，关于头发的惊心动魄的故事，大都来自耳食。什么清朝初年勒令汉人把发髻剃成辫子，否则"留发不留头"呀，什么清末的留学生在外国剪去了辫子，回国后要装一根假辫子才能平安无事呀，等等，都未尝眼见，所以读到鲁迅的小说《头发的故事》，除了感动、吃惊以外，实在很难有切肤之痛的感受。并且，知道在旧社会，与头发关系最密切的理发工人，是颇受社会贱视的，还很为他们不平。更值得一提的是，虽然年轻时在进步的历史书籍里，读到太平天国起义是如何如何正义，但真正佩服太平天国的英雄，却是看到了一副据说是翼王石达开的对联以后。对联曰：

　　　　磨砺以须，问天下头颅几许；
　　　　及锋而试，看老夫手段如何？

　　联语的对仗既工稳，造意又豪迈，用之于理发师，更是想象诡奇，出于意表，妙不可言。一面惊叹这位太平天国将领的不羁之才，一面也想到这位王爷对理发师的感情，不但没有像旧社会上层人物那样卑视，而且还将自己睥睨人世的豪情寄托在他们的职业风姿上，真是物与民胞，平等亲切极了。

不料，3月2日读到《人民日报》一封读者来信，却使我大大不舒服了一阵，那封来信正是关系到理发工人的。说是济南市一家理发店的理发工人，拒绝给一个"乡下佬"剃平头，认为乡下佬只配剃光头。当"乡下佬"碰了壁跑掉以后，一对男女理发师还说："乡下佬还想理平头，没门！""也不瞧瞧自己那模样！"……

"乡下佬"是不是只配剃光头，以及什么模样的人才配剃平头，这问题是够深奥的，我答不上来。既答不上，也只好避开，置之勿论。我只记得古代有一种刑法，叫"髡"，那办法就是把古圣人所说的"身体发肤，受诸父母，不敢毁伤"的诸种东西之一的头发给去掉；而且似乎是和罚做苦役结合起来的，那就是"髡钳为城旦舂"。但那是秦制，沿用了千把年，至少到隋唐以后就废止了。现在许多国家的罪犯也剃光头，但那并非是刑罚，恐怕多半出于习惯；如果容许用胡适博士的考据方法，来一下"大胆假设"，还可能是由于旧社会监狱里卫生条件不好，怕犯人头发里生虱子，所以干脆让他们牛山濯濯也说不定；但要我"小心求证"却求不到。这很抱歉，胡适博士的考据方法只能学到一半。

时至今日，剃光头既不是在政治上或人格上有什么差池的象征，不剃光头者也肯定不会是因为"身体发肤，受诸父母，不敢毁伤"，才舍不得剃光。无非是保护头颅和美观上的讲究那封读者来信中的"乡下佬"便正是为了怕剃光头太冷，才要求剃平头的。但从认为"乡下佬剃平头，没门"的理发师看来，似乎是"乡下佬"的"模样"不够格，所以才只配剃光头，倒是从美观这方面着眼的。当然，问题不在于什么标准，也不在于这位城里人的理发师为什么瞧不起"乡下佬"（那里面当然大有文章的），而在于为什么他可以任意决定谁该剃平头，谁只能剃光头，可以这样为所欲为？

原因简单之至：剃头刀在他手里。

这就是权。虽然仅仅是一把剃刀，但掌握在手里，就有那么一点剃头权，在这点权限里，谁撞在他手里，就得看他的嘴脸，听他的发落。你要剃平头，没门！权在他手里，"乡下佬"只好悻悻而去，乃至悻悻也不敢悻悻。幸亏他只有这么点儿小权，如果他掌握了用人的权，分配房子的权，乃至更大的权，那就不仅"乡下佬"，更多的人在更多的事上也只好"没门"了。

希望少有、乃至没有这种有点权就要耍的人。如果有权就想弄权，就想顺着自己的意思胡来，那么，至少要在"读者来信"栏里让他亮亮相，直到像剃光头那样地把他剃下去。这才叫做"试看剃头者，人亦剃其头"。

1983 年

【选自何满子著《何满子杂文自选集》百花文艺出版社 1996 年版】

变色龙赞有序

　　变色龙，属蜥蜴类，别号石龙子，为凉血软体——虽属脊索门，然柔若无骨，不妨以软体视之也——动物。蜿蜒似蛇而有脚，首尾如龟而无甲。形貌虽丑陋可憎，然细鳞闪闪，遇光变色，瞬息之间，绀碧呈幻，未尝不娱人视观也。原产温热带，游息于山泽草石之间；迩来则或系循生物进化原理，适应性转强，地无分南北，居无分城乡，在在而有矣。或曰已得狐气（一说其先世谱系，本与狐类有因缘，莫可究诘云），历经修炼，颇娴幻化。然耶否耶，世人自辨可也。为之赞曰：

　　像鳄之状，得龙之名。似鳄也故或时有泪，称龙矣遂无往不灵。八面玲珑，五彩缤纷。或谓已自狐窃得幻化之术，或谓原与狐凤有葭莩之亲。故或巧言而善辩，或知趣而识情；或阳啼而阴笑，或暮楚而朝秦。逢人说人话，见鬼效鬼音。惯作窃听机器，允称告密标兵。无事生非怀鬼胎，不学有术登龙门。忽卑忽亢，能屈能伸。机会可乘快亮相，苗头不对暂藏形。善察风向，如响斯应。趋名利之所在，得风气之先声。时来运至，叱咤风云；天旋地转，一变摇身。忽焉气焰高涨，忽焉意志消沉。昨日皈依造反派，今朝自称受害人。声与泪俱下，真与赝难分，永远正确，不断前进。依旧摇唇鼓舌，照样立论著文。具两重之人格，实多变之灵魂。乃做戏的虚无党，诚耍笔的白相人。纵藏头而露尾，终害己而祸群。噫嘻乎！万物皆备于尔，唯缺骨头一根。

1984 年 1 月
【选自何满子著《画虎十年》广州文化出版社版
1989 年版】

风赋并序

　　这是一篇游戏文章，作于 1984 年春。这类摇头晃脑的文字，习惯以直行书写。本想投稿，但例须改写成横行，性素懒于誊抄，就搁下了。一搁下，就混在乱纸堆中不见了。今春迁居，整理书刊时发现。《圣经》上说，上帝是格外宠爱迷失而复归的羔羊的。天下万民都是上帝创造的儿子；我非上帝，但此稿总算是我创造，等于我的儿子。一度迷失，敝帚也更为自珍，如迷失的羔羊然。亟为抄出问世。

1990 年 4 月记

　　有客夜访，樽酒叙别。盘盏既撤，酒酣耳热。春雨潇潇，寒风瑟瑟。论世谈文，感慨无极。客谓余曰："曩昔既作《变色龙赞》矣，曷不复为'风派'属笔？岂不知二者表里相通，声气若一。两两相当，始成完璧。何如乘酒兴，命笔于今夕！"感客斯言，舒纸弄笔。乃作《风赋》，遣此夜寂。才短无文，不事藻饰。遑论雅俗，俚语间出。高攀赋体，等于胡扯。辞曰：

大块噫气兮变化莫测，唯虎能从兮人孰能蹑？察其时兮辨和熏金朔，观其方兮分东南西北。大王得其雄兮拂宫闱，庶人得其雌兮吹垃圾。雅颂兮居其后，马牛兮不相及。助火势兮须扇，知劲草兮须疾。姜子牙仗之兮冰冻岐山，诸葛亮借之兮火烧赤壁。其德无穷，用之不竭。自古已然，于今为烈。

若乃墙头小草，东摆西摇。浪里孤梗，左荡右飘。俯仰由人，进退无聊。随大流之所奔，信众口之哓哓。赵太爷田拥三百，假洋鬼棒执一条。自宜信服，岂敢絮叨？国门《吕览》，谁敢一字之易；投阁扬雄，犹蒙贰臣之嘲。此盖风吹草偃，势有难挠者也。

若乃识时务之俊杰，谙气象之高明。善辨色于眉睫，惯察踪于青萍。勤求信息以窥方测向，巧转顺势之舵；妙发谠论而先意承旨，顿成得意之人。广袖偏善舞，腾举在白日；长空频借力，吹送入青云。圣之时者也，先贤有定评；得之道焉哉，小人毋妄论。一人得道，群侣飞升。此盖风云人物，捷足先登者也。

亦或势随时迁，不俟终日；利令智昏，千虑一失。谬观象于毫厘，嗟转圜之莫及。岂弥缝之无方，忍身名之俱裂？豹隐不甘，虎变之术。乃捶胸顿足，披肝沥血。知今是而昨非，誓心洗而面革。世界殊健忘，大人贵宁息。故仍得揖让缙绅，容与坛席。叵耐小人之愚也烦言啧啧，讵知君子之过也日月之蚀。放下屠刀，立地成佛。此盖风尖浪口，逢凶化吉者也。

至于才本樗栎，性秉谗佞。夸其谈哗众求容，鲜矣仁言巧色令。嗡嗡营营，拉大旗作虎皮；喊喊喳喳，以小道为学问。翻为雨兮覆为云，东打听兮西打听。绘色绘声，吠音吠影。常朝言而夕食，惯卖友以求进。唯私利之是图，亵公义为笑柄。胁谄肩耸，宁顾多士之物议；趾高气扬，但炫一时之得逞。正人疾首，直士齿冷。此盖自郐以下，风派末等者也。

乱曰：世言人物今风流。亮节高风何处求？察色观风占气候（叶平）。风尖浪口任遨游。春风得意亦人谋。列子御风岂同俦？风雨如晦夜啾啾。风人拊掌笑沐猴。风赋吟成客下楼。倚槛临风愁复愁。

1984 年

【原载 1990 年第 4 期《随笔》】

加　　码

　　鲁迅的杂文里有一回提到"奉旨申斥"，那玩艺如非鲁迅作了解释，我辈后生小子是无论如何也不懂它的真相的。那就是，万岁爷要训斥一个官儿，他老人家龙体怕费力，便命令一个太监，领了他的旨意，把跪在午门外的那倒霉蛋痛骂一顿。可以想见，那奉旨申斥的太监为了表示尽责，为了显威风，为了出出不知从哪里和哪辈子憋过的什么气，为了诸种诸样的原故，他的申斥必定要干得十分出色，没完没了。一言以蔽之，要大大加码。这里头包含着颇堪探究的人情世故，社会学，心理学，乃至虐待狂这类精神变态学上的问题，学问深奥，不在话下。

　　加码之道，怕也是无往而不在的现象。"城中好广袖，四方竞全帛"，这还不过多破费点布料；"楚王好细腰，宫人多饿死"，这就加码加得连命都不要了。上有好者，下必甚焉，真叫人心惊胆怕。

　　《红楼梦》第七回焦大骂街，凤姐贾蓉只不过要"打发他到远远的庄子上去"（主子们的主意真是妙不可言!),但是下面的小厮们却不肯以调走了事为罢休,要把他"掀翻捆倒,拖到马圈里去",还"用土和马粪满满的填了他一嘴"。这码可加得够呛,看来是主子们所想不到也干不出来的。

曹雪芹真够聪明,亏他能把人世间的这种加码现象刻画得如此透彻,如此有概括性,如此能发人举一反三地深省。更令人必须鞠躬致敬的是他痛恨这种加码。第七十四回"抄检大观园"时,那得意忘形地执行抄检任务的王善保家的加码加到三姑娘探春的头上时,就"啪"的一声吃了一记清清脆脆的耳光,真叫大快人心。这回书里探春小姐还有一番话,把那些谄上压下的坏货揭了一层皮,可以令人深察世故三昧,真是有味哉,有味哉!

常言道:"戏是做给人看的"。但也必须人会看,肯看。会看不难,小小意思谁都能懂;肯看却不容易,于是人世间的加码活动便一回一回地干下去,即使制造笑柄也在所不惜。这在加码者当然是别有打算的,而且也多亏他们,否则写小说的就少了题材,大千世界也显得过分寂寞,单调。——最后两句,真像是冷冰冰的大自然的口气了,抱歉抱歉!

1987 年

【选自何满子著《何满子杂文自选集》百花文艺出版社 1996 年版】

《杂譬喻经》的启示

历史是不可能照原样重演一遍的。封建时代叹息"人心不古"的道德家老是梦想回到"三代之隆"或"贞观之治"或"开元盛世"的好日子里去，但好日子终于没有再来。而且，要真是再来了的话，三代之后不又是春秋战国的乱世，贞观之后不是又要遇到道德家所不喜欢的武则天当权的"牝鸡司晨"，"开元盛世"之后不是又要"安史之乱"了么？

这种古道德家式的迂愚可笑的人物现在也没有绝种，不是常听到有人回过头去向往某十年代的好日子么？嗟叹着那时的社会秩序是如何如何的好，风气是如何如何淳良，人们是如何如何听话，梦寐以求地想恢复那种美妙的日子。非但向往和梦寐以求，而且还真的努力那样干，援用老谱想把时钟拨回去，不要说历史唯物主义，连进化论都忘得干干净净，不知应该叫做可笑呢，还是叫做可悲？

我们遭受过史无前例的荒唐的十年，我们明智地决定要彻底否定它，却很少、至少不是人人熟思过那该彻底否定的年代是怎么来的，它不是从它以前的年代孕育出来的么？桩桩件件，都有来历可稽，真所谓"履霜坚冰至"，嘴上可以讳言，记忆却无法抹掉；记载可以美化，事实却无法更改。讳言、美化的结果，只能让历史曲折一点，前进的步伐辛苦一点，想拨转时钟去的道德家的一厢情愿始终是无法实现的，有历史为证。

偶读《杂譬喻经》，有一段颇发人深思：

昔有一人，教子苛严。儿幼畏父，不敢违贰。父子和顺，四邻赞叹。儿渐长大，仍被诟斥，施以鞭挞，如小儿然。乃谓父言："儿已成人，自今而后，望勿横蛮。"其父大怒，詈笞交加。父子汹汹，四邻哗笑。其父叹曰："吾家家风，悉遭摧坏。"其人不思，世上万事，宜随时变，固执旧法，自取其辱，故遭讥讪。

这老子想用当年自己一槌定音的老谱来维持"父子和顺"的老家风，但好日子已经一去不返，只制造了一个人间笑柄。此事虽小，可以喻大。尊重历史不是迷恋过去，更不是迷恋过去不值得称道的老谱，情势变了，一厢情愿是不行的。

1987 年 7 月

【选自何满子著《画虎十年》广州文化出版社1989 年版】

马蜂窝殃及古银杏

　　上海近郊安亭有棵树龄五百多年、列为市级保护文物的古银杏树，8 月 30 日因为有人焚烧树中的马蜂窝，引起燃烧，火虽经扑灭，但此树能否存活，尚在未定之天。这是 9 月 5 日《解放日报》的消息。

　　古来有"城门失火殃及池鱼"的谚语，典源有多种说法。《广韵》说是"古有池仲鱼者，城门失火，仲鱼烧死，故谚云云"。顾炎武《日知录》则认为系《吕氏春秋·必己》所叙春秋时宋国桓司马藏宝珠一事化出。故事说桓司马因罪出亡，隐匿宝珠，宋王遣人追究宝珠所在，回答是投在池里了，于是竭池而求，结果珠不见而池鱼均死。前一种说法索然无味，后一种说法虽颇有讽喻意义，但和"城门失火"无涉，是隔壁帐，都不如依字面解释为因城门失火，取池水扑灭，致使池鱼失水枯死或被人捉了去下酒为直接明快。

　　但不论殃及的是池仲鱼这样一个人也好，是池里的鱼儿也好，都是城门失火殃及他们而不是这些无妄之灾的遭受者殃及城门，与这回的消息系由马蜂窝而殃及银杏恰好相反。而这件事的讽喻意义，恐怕也要大大超过城门失火。

夫马蜂窝者，是人人得而捅之而又人人不敢捅之的坏东西，而马蜂窝又不能无所依附，像气球似地悬在空中。如果一件不足轻重的物事，成了马蜂藏垢纳污、行凶作恶的大本营或遁逃蔽，人们为了歼灭可恶的马蜂窝而连带也毁掉了这被寄附物，是会人人拍手称快的。因此，倘若这场无妄之灾所殃及的不是保护文物的古银杏树，便不值得惊怪，根本够不上成为一条新闻。

马蜂也如城狐社鼠，懂得必须托庇于人们不敢去捅它的地方，这才可以既肆意作恶，又安全保险；甚至于可以收狐假虎威、蒙大旗作虎皮的仗势欺人之效，更是意中事。扎窝于这棵靠山之上，谁要是敢去捅，就吃不了兜着走；即或大勇者想去捅也投鼠忌器，此外还有打狗也要看主人面这类思想顾虑。于是那庇护着马蜂窝或为马蜂窝所利用以藏身的被寄附者，也常常成了人人迁怒的对象；其最可悲的结果则声名乃至躯体也竟会葬送在马蜂窝之手，这回的古银杏就是可怕的活例子。

或曰：马蜂窝之所以能依树作窝，乃是这树本身有瘿，也就是树的肿瘤，因而马蜂窝能在上面产子繁殖之故。马蜂也不免要在树上钻洞，吸树浆，活得快活，终于成窝，此树因此也要负一部分纵容马蜂、给它提供便利之责。这又和物必自腐而后虫生的理论相同。但究竟先腐才有虫，还是先有虫后腐，也正与先有蛋还是先有鸡的难题一样，还是让智者去解决吧。

马蜂窝殃及五百年树龄的银杏树，真是"树犹如此，人何以堪"！令人可惜，要发浩叹。但一棵树毕竟只是一棵树，哪怕是文物也罢；如果殃及的是更宝贵乃至系千万生灵的被依附物，其损失之惨重就更不忍言了。

1988 年

【选自何满子著《何满子杂文自选集》百花文艺出版社 1996 年版】

巧取与豪夺

骗子是巧取，强盗是豪夺。不用说，巧取的不仅是骗子，豪夺的也不仅是强盗。

强盗这玩艺，据庄周老夫子说，是智、信、仁、勇等诸般美德俱全的，《胠箧》篇里把那种"盗亦有道"的理由论证得十分圆泛。历史上和小说里还有为民锄害的义盗，劫富济贫的侠盗，因朝廷无道而啸聚山林的政治强盗，这些高档次的强盗似乎还是很光彩的。至于那些杀人越货屡屡得手，势力渐广，羽翼渐丰，占有欲也随之升级，终于要抢地盘、夺江山的，成了便是王，不成也可以"杀人放火受招安"而成了侯；到这地步，也就如庄周夫子所说："侯之门，仁义存"，一变而为有面子的上台盘的人物了。

骗子可没有什么美名。强盗靠力取，硬碰硬，庶几还有点"阳刚"之美吧；骗子则全仗阴谋，行诡施诈以侥幸，高攀一点也只有了点"强盗亦有道"中的一个"智"字，即只会耍点"鬼主意"。诚然，强盗有时也要辅以鬼主意，豪夺之外来点巧取，如吴用智取生辰纲、智取金铃吊挂、双掌连环计之类，都是有书为证的。但这些机谋，历来帝王将相也都不免要用用，所谓"兵者诡道也"，"兵不厌诈"，属于"运筹帷幄"之类，与骗子的蝇营鼠窃向来就不一律看待。清平世界，强盗少有，骗子也理应没有孳生的土壤。五十年代初期出了一个李万铭，简直像外星球来人那样全国轰动，老舍还特地写了一部《西望长安》的喜剧来刻画其人其事。前些年报上的消息，说李万铭已经改造成了奉公守法的劳动者，三十多年前的旧事，久已不行骗的当年的骗子迄今还有新闻价值，足证那时骗子的"物以稀为贵"。

李万铭的伎俩如果重演于今天，绝不会再像当年那样大报小报都当做非常事件来报道了。其轰动效应之跌落乃是由于见怪不怪，近乎虱多不痒的道理。几乎每天打开报纸，总能读到大小不等的骗案：假酒行骗，假药行骗，假支票行骗，假合同行骗，假充招收演员行骗，假冒八级干部行骗，小也者的如假文凭、假印章、假发票、假证件、假粮票等等，更是名目繁多，不及备载；从诈骗财物到拐骗人口，有骗皆备，无诈不臻。

骗案中有个人行骗，有合伙行骗，有单位企业入股行骗，有大小官儿掩护行骗。以骗得的"经济效益"言，万把元已稀松平常，不值一提；地连十余省市，款达百万以上的大骗局也层出不穷，对读者不再有过大的刺激效应了。如果搞社会调查的单位和专家把这些材料收集、整理、统计、研究一番，一部几十万言的著作是现现成成，不费多大力气的。

或曰：骗子的多而猖獗，是商品经济、拜金主义之故，不是经济诈骗案特多么？对曰：否。商品经济第一要守信用，信誉一倒，跪下来叩头也拜不到金子。商品市场中的确也有尔虞我诈的现象，但赤裸裸的行骗不行；来点倾轧、投点机、搞点经营机谋乃属于"运筹帷幄"之类，和骗局是两码事。骗子玩的是"超经济"的勾当。正是由于大量不按经济规律的正途，而是仗权力捞钞票的怪现象盛行，骗子才得乘隙肆虐。仗权力的超经济掠夺是豪夺，诈骗则是巧取，两者异形而同质。有本事豪夺的既在豪夺，不具备豪夺资本者眼红了就竞奔于巧取的一途，实行有金大家拜、有钱大家捞主义，骗子之多而猖獗，原因其在斯乎？更厉害的是骗子强盗一起来，巧取豪夺携手并进，力智兼用，合伙打劫，那就更法力无边了。报上揭露地连十余省市，款达百万数的骗案，大体是这类连体儿的杰作。巧取已够受，豪夺更难挡，如今双料进攻，其污染经济环境，捣乱经济秩序之烈，岂忍言哉！

1989 年

【选自何满子著《何满子杂文自选集》百花文艺出版社 1996 年版】

医　喻

　　泌尿系统出了点毛病，嘀咕着大概是上了年纪的人常见的前列腺出了乖，于是只得去找医生，图近便，就到附近的中医院。

　　求医，十之七八的病人都信任老大夫，常言道："熟读王叔和，不如临诊多。"其实，不单是医生，凡百大小事宜，听老一辈的没错，老马识途，老吏断狱，老成谋国，这都是古有明训的。本此信条，亦即我的基本方针，就把病历卡往最老的医生台上一塞。老医生面前叠的病历卡也特别多，可见信老重老，人同此心。我已排在最后一名。

　　当然等候了很久，这过程闲话少说，终于轮到了我，连忙对着他正襟危坐，伸出手腕去让他号脉，一面主诉病状。老医生果然非同寻常，用微微颤抖的手作势不让我诉说，表示他指下明白，这是有身份有把握的老中医常有的气派。把过脉，看过舌苔，这才向我提问，问的都很上路，问到了点子上。然后稍一沉吟，向坐在对面的助手口授方脉。鄙人好歹也涉猎过点中医书，对脉象的浮沉数滑、脏腑的气血营卫之类也略知点滴，觉得他的脉案病理判断都很高明，但对他治疗路数却不无怀疑，他说下药应以补中益气为主。

好在此时门诊室已只剩下我独自一人，看这位老大夫也很温文尔雅，不像个会发脾气的人，于是冒胆请教道："医生，依您刚才的诊断，是'湿阻中焦，膀胱气化失职'，我的自我感觉也是如此，您指下很高明。不过，照这诊断，似乎应该以化湿降浊，以助膀胱气化为主，您却说要补中益气……"

不等我讲完，老医生摆摆手。笑了。这笑里一面带点嘉许之意，似乎认为我问得还不算外行；一面在宽恕中带点责难，显然有"阁下只知其一，不知其二"的意思。接着来了一番开导，原来这位老医生还是很健谈的。

他说，这个病，西医叫做前列腺肥大引起的病变，中医叫做"气淋"（说到这里，他吩咐助手在病案上加一句"B超作前列腺检查"）。西医处方通常用消炎和泌尿系统平滑肌解痉这类药物，此之谓对症治疗。中医治疗注重辨证，就是要探究起病之源。湿阻中焦，原因是中气不足。凡人元气不足，外邪才会入侵，溲便为之变。因此我主张培本补元，道理就是这样。说完站起脱白大褂，显然是下班了，很有把握地嘱咐："你放心，去服药好了。"

我道了谢，这时我从助手对他的称呼中，知

道他原来是医院的院长；此后又知道他每星期只亲自看两个半天病，今天我有幸正好碰上了。我一面跟他出来，一面致歉："耽误了您吃饭。"其时已过了 12 点。

"不，不。"我们并排走着，他笑道："我这也是培补元之道。"

我向他投去了诧讶的眼光，大概他看出了我眼光里有问他"此话怎讲？"的味道，似乎也觉得我是可以谈谈天的对手，就边走边谈起来：

"目前有些单位劳动纪律不太好，有社会的原因，情况复杂。我们这里还不错。正气盛外邪不得而入。当领导的人自己站得正，挺得起腰，下面就得听你的。否则自己中气不足，什么毛病都来了：医生可以收礼——等于受贿；药房可以拿好处费，贪污腐化。报上常见，不是么？如果当领导的不守纪律，浑身是毛病，怎么能管得好下面？我就是以中医治病之道管医院，扶正祛邪。中药房到了，你去抓药吧，要是别的医院，这时早已下班了，叫做"过午不候"，这也是过去中医诊例上的行话。这里不行，他们盯着我，我不出来，说明最后的处方没有配完，要是病家犯的是急病怎么办？"

"那上下班制度不打乱了吗？"

"总有办法想，轮流值班呀！——请吧！"对这位老院长我不禁衷心佩服，不仅医道高明，这番以医道治院的话，虽然浅近，却实实在在，很有分量。这一补中培元、扶正祛邪之道，推广至于治国，亦无不可。近年来上上下下，贪污、纳贿、营私、官倒，腐败之风的病象已经相当险恶。原因诚然复杂，治理也须多方，但培中补元、扶正祛邪确不能不是关键。如果领导自己没有毛病，少爷、少奶奶、小姐、姑爷之类也管得好，没有尾巴，下面谁敢于胡来，他就硬得起手，该杀该办，没有人敢不服。反之，自己中气不足，外邪哪能不入侵？廉政也就只能嘴上喊喊，做点官面文章。要治也只能治点小毛小病，疥癣之疾，于大体无补。五脏六腑，十二经脉，病邪互相牵连，有如关系网，即使暂时能治一治标，看来奏了效，但病根不除，旧病总要复发，愈拖愈病入膏肓，最后元气耗竭，迟早要一命呜呼，不得寿终。

谚云：良医如良相。原来只指良医能救人命，如贤宰相之治政清明，能拯人民于水火。现在看来还得加上一层意思，即治道亦如医道，老院长这番话正说明了这点。

1989 年

【选自何满子著《何满子杂文自选集》百花文艺出版社 1996 年版】

人怎样变成人

——人学和私臆手记题解

这里不是谈生物学的人，不是谈古猿人是怎样进化过来的，而是谈社会人，干脆说，谈包括我自己在内的中国人。

人之成为人，似乎是不成问题的，无须变。但细按之并不尽然，真正成为"全人"的特殊材料构成的人，纵非绝无，确实罕见。不是指毫无错误没有丝毫缺点的无瑕美玉，人非圣贤，孰能无过!而且圣贤也有错误和缺失，绝非完璧。再进一步说，把某人某人视之为圣贤，这观念的本身就有问题，就是人尚未变成人或尚未完全变成人的非理性观念；就是抬高极少数人而使绝大多数人遭到贬抑的人性暴弃。孟子还知道"舜亦人也，余亦人也"，我佛如来还肯定"众生皆有佛性"，圣贤与常人并无二致，并不高出一头。有了这样的人的觉醒，人庶几能站直身，变成人。

在人间，由于自然的社会的诸种复杂的原因，人是不平等也不可能平等，要求完全、绝对的平等是乌托邦。然而，不论社会地位、经济条件、才能智慧、身体素质等等有多少事实上的不平等，在作为人的类属关系上应该是平等的，大家都是人。举例说，谁要卑视残疾人，就叫做不人道，也就是在这点上他没有人味，还没有变成人。触类以旁求之，这种有待于变尔后才能成为人的地方还多得不胜枚举。

人应有独立人格，若容我放肆说，则滔滔天下，有独立人格的人实在不多。不是我目无余子，有评讦癖，倘反求诸己，从实招来，我自己也常缺乏独立人格。我是当编辑的，要审读和取决稿件，如有两份同样可用可不用的稿件，两者择其一，大抵采用名家权威作者的而将无名作者的摒落，倒确不是崇拜权威和漠视小人物，周围的气氛、世俗风习、市场情况都逼令我如此选择，我不得不屈就之，其实并非我的素志。既然不能坚持素志，屈己以就人，就于独立人格有损。我又是写文章的，虽自问尚不作违心之论，但提起笔就东顾虑西顾虑，骨头已经抽掉得所剩不多，有时编辑先生还要提出要求，这删那改，为了使文章苟活，不得不从命，独立人格从何坚持？这大概是同道中很多人皆有的苦衷。因此，这篇手记之所以评人者也所以自评，所以责人者也所以自责。

经历了十年灾难和远不止十年灾难，中国人

尤其知识分子受了许多内伤，加上还有历史负担所加给的老病灶，待疗救、待变的很多很多，这些说来话长。要而言之，必须有一个人的素质的觉醒。说觉醒，我当然是后知后觉，似醒非醒，但感触所及，也有些可以自警或也许可警与我相似的后觉者的想头，偶亦手自存记，现略加诠次，系统性仍然极差。因为都涉及人的素质问题，姑归之曰"人学"。称"人"事出有因，称"学"则不免僭越；既是"私臆"，意见或也不免偏颇，自己先道歉在前，或可获得读者的原谅吧。

1989 年 5 月 16 日

【选自何满子著《虫草文辑》宁夏人民出版社 1995 年版】

香港雪米莉

乍一听雪米莉这名字，人们可能会认为是一种时兴饮料，如雪碧之类；或者是一种摩登零食，如舶来爆玉米花哈里克之类；再不就是新型化妆品，什么能使仕女们又香又嫩的增白粉脂之类。直到读完《文学报》今年5月3日报导广州出版的《共鸣》杂志的文章以后，才如梦新醒，原来是和横扫大陆文坛、影坛的琼瑶一样轰动了半边天的一个"女作家"的芳名；而这个"女作家"还是一群"男作家"合伙的化名，真有戏中戏之妙。

这位乌有先生，不，乌有女士的雪米莉，一样具有旺盛的创作力，即编造故事的能力。已经出了《女管家》、《女老板》、《女酋长》、《女富豪》、《女刑警》、《女侦探》——将来未必没有《女男人》——等等一系列的"女"字当头的系列小说，每部以几十天印刷周期的速度，几十万册的巨额发行量，占领了书亭、地摊、码头、车站。生意兴隆通四海，财源茂盛达三江。这点也可以和琼瑶小说一比高低。

据说，这种"女"牌小说是由这伙男士集体讨论，一人执笔，短短二十来天就能笔走龙蛇地完成二十万字；有时还用"车轮战"法，接力赛似地你写上段，他接下段，由誊写员组装，流水作业，立即付印行市。几本写出后，就"轻车熟路"，再也无须讨论，笔尖如自来水龙头，一扭就哗拉拉地泻出来了，不亦快哉！——这"快"既有金圣叹评《水浒》所说那样的"痛快"之意，又有通常的"神速"之意。

报导又说，这位乌有女士的真相大白后，书商就联系好了一位实有其人的定居香港的女士，请她弄假成真地自己承认为女作家雪米莉；甲顶乙的名，乙又顶甲的名，真戏假做，假戏真做，妙不可言。那伙男士和书商向她奉去一笔酬金，亦即借招牌开店。其实这也是商场里常有的老谱，上海话叫做"戤牌头"即是。

遗憾的是，这样的走红小说竟无福拜读，但既然如此风靡，出货又是如此"轻车熟路"，滑溜顺当，可想而知是三角四角，哀感顽艳，要死要活，有滋有味的。否则，就无以把多情靓男、痴情靓女勾引得神魂倾倒，废寝忘食；视为知心密友，灵魂导师了。

但是，想到一伙男士，通力合作，群策群力，挖空心思；还要化名为女士，假地于香港，才能勉强争得一席之地，与真正的女作家相比，也真累不可及了。

【原载 1990 年第 13 期《漫画世界》】

不知从何说起

　　法国批评家圣·佩孚某次回答维克多·雨果责问他为什么许久不发表议论时说："不是我不想发表议论，也不是没有什么值得议论的事。相反，正是因为想议论的事太多了，挤呀轧呀的使我不知从哪里谈起好。"

　　类似的心情想来是写点评论文字的人大都经验过的。用句口头禅，叫做"一部二十四史，不知从何谈起"。其实，倘是二十四史倒也简单，顺理成章，就从《史记》谈起，或者就从其第一篇《五帝本纪》谈起就成了。正如给孩子讲故事，只消"从前呀，有一个国王，有三个女儿……"从头一一讲下去就得。麻烦的是，世事倥偬，容不得你凡事细叙根源；偏偏世间万事，如值得评一评论一论的，大抵有其根源，必须抓住根源，才像抓兔子逮住了耳朵，它再也逃不脱了。例如阿 Q 为什么怕人说"光"说"亮"，说的人都逃不脱他的怒目而视？根源就是他的尊头上一片精光，牛山濯濯，光和亮就犯了他的忌讳。须知时代已经到了二十世纪最末十年，民智大开，官智当然更超过民智。智之为物，其一就是敏感，联想力丰富。阿 Q 如果活到今日，则不但光、亮、电灯泡、玻璃球，恐怕连东方的太阳，西方的月亮，都有激起其怒目而视的理由。于是，发议论要抓根源，就触手碍眼地要犯忌，有时甚至防不胜防，不知在哪个意想不到的地方捅了漏子。这也不好开口，那也不好下笔，于是想议论的事就"挤呀轧呀的"不知从何说起了。

泛谈一通，不着边际，那就说得具体点吧。我以为现在的凡百弊端，要追根源大都可追到十年浩劫以及导致发生这一历史事件的总根源。它在何种思想指导下发生这一历史现象？抓住这个总根源，则新毛旧病，原生的和派生的，并发的和诱发的，病源大都会有着落。进而按照中医的辩证治疗，外邪如何克制，内毒如何表出；以往致病的种种如何禁忌，以免旧病复发；如何补中益气，扶本培原，等等，自然都条理清楚，医国医人，良相良医，理出一辙。怕就怕是好了疮疤忘了痛，讳疾忌医，于是，发议论就不知从何说起了。

办法当然只有两个，都是先圣先贤们所垂训过的。如照先圣，则子曰："予欲无百"；如依先贤，则孟子曰："予岂好辩哉？予不得已也。"

【原载 1990 年 8 月 24 日《联合时报》】

阿Q主义

偶尔翻阅清人黄钟骏的《畴人传四编》，读到《冉子编》，说的是孔子弟子冉求，冉求算不算畴人，即科学家，很难判断，关于他的资料实在少得可怜。顶记得牢的是《论语·先进》里的几段话：一段是夫子问他的志愿，"求，尔何如?"对曰"方六七十，如五六十，求也为之，比及三年，可使足民；如其礼乐，以俟君子。"意思是说要他治理六七十里或五六十里方圆的地方，有把握治理得富富庶庶，旁的政治文化就干不了。就是管经济，也先出口是"六七十"，接着立即退一步，"如（或）五六十"，把地区缩小了，足见他谦逊而又谨慎，把自己的能力核算一番，数量观念是很强的。他做了季氏宰，"季氏富于周公，而求也为之聚敛而附益之。"说明他很会理财，善于计算搜括，很得季氏赏识。季子然（季氏家的一个子弟）向孔子夸耀自家所用的人，问冉求是否有做大臣的才能，孔子却说只能算个"具臣"，也就是只能马马虎虎充个办事人员的数。而在背后，则因为冉求为季氏聚敛，很为不满，向弟子们鼓动，说冉求"非吾徒也，小子鸣鼓而攻之可也!"孔子的发脾气可置勿论，总之，冉求大概只是一个理财家。孔子对他的评语也是"千室之邑，百乘之家，求也可使治其赋。"当个会计师什么的很称职。

会计师属于经济科学一类，要说冉求是畴人，也能挂得上钩。

至此，可以用一句京戏的道白"倒也罢了"，妙的是《冉子编》引了诗人袁枚一段话："西洋有算数，名曰《几何》，乃冉子所造。今在海外，西人得之，出其精思，以成此书。"把欧几里特的几何学归为中国人所发明，属于中学西渐了。

袁枚堪称外国某种科学实即我国古代某子所造的近代国粹主义的祖师爷，想象力真够丰富，然而不免要让人想到阿Q主义。

阿Q主义的灵魂是精神胜利法，精神胜利法的精髓是"老子先前比你阔得多"，"老子先前"的实质是祖先崇拜，而祖先崇拜的根底是血统论，也就是当年形象化地表述为"龙生龙，凤生凤，老鼠的儿子会打洞"的造反顺口溜。血缘关系在宗法社会是命根子，"宗子维城"，江山才能牢牢掌握在亲骨肉手里；资产阶级法权的范围里也不能不讲血缘，它牵涉到性命交关的财产继承权，马虎不得。但血统说来说去似乎也只有权和利两者才需要以之为凭借，倘若推广到文治武功，科学艺术，创造发明，都唯血统是赖，那就成了精虫卵子决定一切的唯性史观了。将门之子和家学渊源之类也不过提供了一点后天的有利环境，牛顿的儿子没有成为大科学家，拿破仑的侄儿耍流氓起家当了皇帝，结果是兵败被俘。老子的先前确实比你阔得多，但阿Q主义终于救不了命。

我们有一句很理智很务实的话，叫做"不要吃老本"。好汉不提当年勇，自己的老本不能吃，祖宗的老本也不能吃。适当讲一讲上代的光荣史，目的也在于砥砺子孙后来居上；倘若将上代的业绩夸大，奉为神圣，至矣尽矣，呼召亡灵，颂扬膜拜，就只能视做自己没有出息的招供这是连古人所说的"干父之蛊"也没有做到的。

1991 年

【选自何满子著《何满子杂文自选集》百花文艺出版社 1996 年版】

角色意识

角色意识也被人称为人格责任感，是西方社会学家、伦理学家讨论得很起劲的命题，近年来国内报刊上颇有人议论。学者们大抵鼓吹强化角色意识，认为角色意识强的人，才会有履行社会职责的道德要求。但是，冷嘲家们却反驳道：假如职业杀手的角色意识强化，社会犯罪案岂不是要激增？他也是履行他的社会职责，但于道德何干。

冷嘲家的反驳几近于"扯横筋"。角色意识原是限定在职业道德、公民责任的正常范围里定论的。黑社会和社会败类无所谓责任和道德，是社会的负势力，该在铲除之列。他们承担的社会角色属于"负角色"，应作别论。但是正常范围的社会角色，也有其两重性，有其负的一面。

打个比方，一个官员，他的角色意识的强化，是要随时随地记住自己是公仆，要尽忠职守，为人民办事，维护自己的职业威信和荣誉。但另一方面，凡官员都大小掌握着权力，没有权力就无法办事，谁来听他的！于是，官员的角色意识里就有权力意识；权力意识常常是官员这一社会角色的象征。如果官员缺乏本角色应有的权力意识，就会踌躇怯懦，办事没有魄力，庸庸碌碌，尸位素餐，也该算作角色意识不强。但是，权力意识太强化了，轻则会官气十足，哼哼哈哈；重则会跋扈霸道，乃至以权谋私。

所有正常社会的角色意识都有类似的两重性。因此，角色意识也是一把两刃刀，有明确角色责任，勇于任事的一面，也有强化得不得当而越轨坏事的一面。

唠叨了半天，并非反对强化角色意识。说起来又是国情问题了。在中国这样的社会，在鼓吹强化各种角色意识之前，势必还先需要大大强化一下公民意识，即强化公民的权利和义务的意识。公民意识强化了，再强化角色意识才能有所控制，使其不至越轨；即使有些人的角色意识强化得出了毛病，有公民意识的人们也能抗制和克服之。

公民意识其实也是角色意识，甚至可以说是一切角色意识的基本意识，即须先有公民意识的强化，才谈得上其他社会角色意识的强化，或强化而不会有弊害。目前社会上行业不正之风颇炽，这些行业的从业者的角色意识是够强化的，他们清楚地意识到自己掌握着什么，人家需要什么，自己有多大价值。糟就糟在角色意识太强，强又强得不对路，而公民意识、道德意识、法律意识等又给不对路地强化了的角色意识挤扁了，于是毛病百出，成了弊端。整治之道，除了制度法纪之外，倘要求之于思想教育方面，以中国的国情来说，首要的是公民教育，公民道德不建立，什么教育都是空谈，什么意识都强化不好，或强化到歪路上去。

【原载 1991 年 5 月 24 日《联合时报》】

保险系数

一评论家向以某权威的议论为圭臬，视指挥棒而起舞，不越雷池。忽一日，权威的议论大变，非昨日之是而是昨日之非，令评论家不胜惶惑，亟请教于友人。

友人云：您难道不能独立思考么，何必事事俯仰随人？

评论家沉吟后答道：我之遵从权威，正是我独立思考的结果。只有如此，保险系数才最大。这是屡试不爽的。

1992 年 4 月 15 日

【选自何满子著《见闻偶拾》百花文艺出版社 1994 年版】

奇文对赏录

甲：来得真巧，有篇奇文让您共欣赏一下。

乙：什么奇文？现在还能有什么奇文？我看也不见得能赶上"味道好极了"、"通则不痛，痛则不通"、"当太阳升起的时候，我们的爱天长地久"、"爱是 Love，爱是 amour"这类电视广告。再说，能登出来的奇文也就不奇了。

甲：正好相反，只有奇文才登得出来。这也是"通则不痛，痛则不通"的道理。让人感到痛苦、痛快的文字就不能通行，能通行无阻的都是些不痛不痒的玩艺。对，是"玩艺"。"艺"还可以省掉，只要一个"玩"就够了。

乙：那倒是，玩不但通行，而且流行。玩古董的，玩牌的，玩女人的，玩宠物的，这些是有钱有闲的哥们的玩法；码头上则有玩蛇、玩猴、玩气功的汉子，正如俗谚所说："什么人玩儿什么鸟，武大郎玩儿野猫子。"这些年的时尚，才子们还盛行玩文学……

甲：没听见过"玩评论"吧？

乙：玩评论？那倒没听说过，真新鲜！

甲 这篇奇文里就讲"玩评论"，否则怎能称奇文呢？我的一位专爱猎奇的朋友也不会把它剪下来寄给我"奇文共欣赏"了。

乙：这篇东西好像是什么文摘报上的剪下来的嘛。唔，果然玩字当头。"这两个通俗剧本，就想让老百姓做个梦玩。""不是一种创作，而是操作，是技术活儿。"绝！"可有的观众楞要从一切东西里发掘出思想内涵，好像什么都必然是跟人生经历、情操修养联系起来，累不累呀！这不是精神软骨病吗，你让他随便乐乐，他都不乐，乐得特沉重。"

甲：把你给吸引住了吧!你不得不承认这是奇文了吧！瞧，下面还有妙的呢"就是逗你玩……也喜欢有人评论，有时还故意卖个破绽，好让玩评论的有地方下嘴。不过，玩评论的要真有眼光……"绝！绝之至！天下文章一大玩。他这个玩"技术活"的还让"玩评论"的无懈可击。你说不到点子上吧，你让我玩了；你说中要害吧，那是我故意卖的破绽，你小子是后知后觉；你要是不懂得玩，说正经的吧，你是精神软骨病，大概也就是抗体衰退的精神艾滋病。你玩不起来了吧！

乙：难怪，他说"我这条命注定要在文艺圈里混"，"这条道好混"，"现在有头有胆的"，"现在还处在上升时期，起码还有三年的好日子"……真玩得踌躇满志。

甲：是踌躇满志。《史记·项羽本纪》里写项羽说："富贵不归故乡，如衣锦夜行，谁知之者?"下面舆论是怎么批评的?

乙：你缺德！下面是"说者曰：人言楚人沐猴而冠耳，果然。"不过世界上也得有个把丑角。玩猴，玩自己，否则，人间未免太寂寞了。问题在于，人们在看丑角玩自己、玩猴的时候，哈哈一笑或事后有浑身不舒服之余，不免也要想一想，这丑角和这只猴实在可怜，倘不是为了混碗饭吃，何必在大庭广众丢人现眼?即使混到一阵喝彩声，活得也够累的。于是不免有人要悲天悯人起来，联想到人生什么的……

甲：你这个不懂玩的，不正给他说中了么："这不是精神软骨病么?你让他随便乐乐，他都不乐，乐得特沉重。"他是叫你要"太上忘情"，一律不食人间烟火。

乙：可他自己就做不到太上忘情。要太上忘情了，他就该一段呆木头似地坐着，再也不会有逗人乐的"情"；更不会玩得自得其乐地觉得"有头有脸"，自我感觉如此良好。

甲：你要如此追根究底，未免太迂。你再把奇文读完，他自述的玩法你就没法解释。你看他说："一路是侃，一路是玩，我写时不是手对着心，而是手对着纸，进入写作状态后，词噌噌往上冒。"你阁下能懂得那妙理么？他的手里就仿佛装着个电脑，信息储满了的，一触纸就噌噌往上冒，心呀脑呀的一律处于休眠状态。当然，也就和人生经历、情操修养挂不上钩。所以这是天下奇谈，奇文就奇在这上面。

乙：这不过是他在自神其术，和装傻相、做鬼脸并无二致，只是玩着逗人乐罢了。这叫做"倚玩卖玩"，有如倚老卖老。也就是刚才所说的天下文章一大玩，玩人亦复玩己。乐于被玩的也大不乏人，所以不但有古玩市场，也有"今"玩市场。这不，"现在还处在上升时期"，行情看涨。喝彩、走红、给奖，前途无量……

甲：对这种怪现象你也不必悲观。丑角任何时候都得有几个，不过在沉滞时间，"痛则不通"，只能剩下丑角独占舞台，玩个不亦乐乎。这篇奇文就把这个时代表现得淋漓尽致了。

乙：也许这篇奇文也是他"卖个破绽"中的一招，让玩评论的好事之徒堕入彀中。寄剪报给你的朋友在信上不是写着："请勿在饭后阅读"么？

甲：不要紧，我有电视广告上介绍的神效止吐丸呢。

【原载 1992 年 5 月 28 日《成都工人报》】

改稿三昧

一作家写小说一篇，讽刺一高级长官，投送一杂志。

编辑约见，说：小说极好，可发表；但讽刺对象级别太高，影响不好，是否可以改成职别低一级官员，如局处长？

作家同意改写，稿成后又送杂志。

编辑主任约见，说：小说极好，但讽刺对象仍嫌太高，只可讽刺一下科级以下的小官。

作家同意改写，稿成后又送杂志。

总编辑约见，说：小说极好，但讽刺不如改成歌颂，显得光亮些，可起鼓舞读者的作用，改好后即可交编辑发表。

作家将所讽刺的科长写得极其美好。稿成后径交编辑。

编辑说：歌颂一个科长，意义不大，不如歌颂级别较高的官员。

作家将歌颂对象改成局处级官员，稿成后又送编辑部。

编辑主任、总编辑同时约见，都说：与其歌颂一个局处级官员，不如歌颂一个更高级的长官。

作家遵照修改，稿子遂获发表。所写的对象如初稿，只是将讽刺改成了歌颂。

1992 年 6 月 15 日

【选自何满子著《见闻偶拾》百花文艺出版社 1994 年版】

上面精神

一头头奉公守法，凡事均照上面精神办理，不越雷池一步。

人事科长请示：有几个小青年要想到别的单位去现在提倡人才流动，该怎么办？

头头指示：人才流动嘛，照上面精神办。

业务科长请示：现在发展第三产业，依我们的条件可兴办一点服务行业，如何？

头头指示：第三产业嘛，照上面精神办。

总务科长请示：机关公共厕所年久失修，已经不堪使用，群众颇有怨言，是否该拨点经费修缮一下？

头头指示：公共厕所嘛，照上面精神办。

总务科长：上面对公共厕所没有精神下来。

头头：那就照上面没有精神下来办。

1992 年 8 月 15 日

【选自何满子著《见闻偶拾》百花文艺出版社1994 年版】

乌鸦赶走夜莺

伊萨柯夫的寓言里有一个乌鸦赶走夜莺的故事，说乌鸦认为它们的鸹鸹的嘶叫是世界上最美妙的音乐，听不惯夜莺的婉转歌唱，要把后者赶出树林。为了表示乌鸦族的文明，不用暴力，采用少数服从多数的表决法来决定谁该占有这片林子。乌鸦有一大群，大声鸹噪，夜莺终于被赶走，云云。

7月13日的《今晚报》第二版头条在《通俗红歌星到处赶场腰缠万贯，作曲家王西麟赚钱无术遭解聘》的大标题下报道说：

"正当一些红歌星腰缠万贯，被舆论炒得沸沸扬扬之际，中国著名作曲家、北京歌舞团一级作曲家王西麟，日前因不能为所在单位赚钱而被解聘。"

这则"本报讯"对被解聘的作曲家王西麟作了介绍，列叙他的作品曾在奥、德、法、美等十多个国家演奏，是近年来作品在国际上演奏和出版得最多的作家；他的交响组曲《云南音诗》曾获中国音乐作品最高奖；1991年3月在北京举办的"王西麟交响乐作品音乐会"曾被誉为近年来最成功的音乐会之一；今年中央电视台春节联欢会上杨丽萍表演的舞蹈《两棵树》轰动一时，作曲的便是王西麟……

不必再引述了。总而言之，不论艺术上多么高明，只要引不起"发烧友"和"追星族"的起哄，专搞劳什子的艺术，那就对不起，炒你的鱿鱼。于是，夜莺被乌鸦赶走！

赶走之后如何呢？报道说，王西麟只好到中央音乐学院等高校讲几点钟课，每小时赚十元，比那些扭一下就几千几万的庸俗（对不起，我是决不肯讲"通俗"的，通俗歌曲有的是好作品，咱们的国歌《义勇军进行曲》当年也是通俗歌曲）红歌星，收入仅及百分之一。

其实，这类现象早已司空见惯，连新闻价值也已缺缺。但这条新闻之所以还值得引用，好就好在本文前面引录的"被舆论炒得沸沸扬扬"一语。这句对"舆论"的微词出之于报道新闻的舆论工作者之手，意义很不简单，值得手里掌握舆论工具，和从事舆论工作的同行们咀嚼咀嚼，反思反思，清醒清醒。看自己在乌鸦驱逐夜莺的表决中，是举了哪一方的手？

【原载 1992 年第 9 期《上海滩》】

布封的轶事和张岱的讽喻

　　偶然读到法国作家 P·布尔热的一篇随笔《在勃艮第的驿车中》，文中讲述了一则博物学家布封的轶事。布封是中国读者所熟悉的，他不但写过三十六大卷《自然史》，是十八世纪自然科学的权戚，尤以他的《风格论》提出了"风格即人"的命题，经常为人们所引称。布尔热所写的轶事说，布封在家乡勃艮第旅行，同一驿车里有三个十分神气的绅士，一路上高谈阔论，目空一切。其中的一位自称是某一伯爵家的家庭教师，吹嘘自己对自然界的观察如何了不起，说了许多荒谬不堪的话，最后竟吹牛，说他曾经在法兰西学院和布封院士辩论过，连布封也很佩服他。车到站时，布封忍不住了，就问：

　　"那么您和布封先生很熟吧？"

　　"当然！"那绅士回答。

　　"可是，我却好像没有见过您。"

　　"您是谁？"

　　"我就是法兰西学院院士布封本人！"布封说

着，从行囊中取出他的《动物史》，"我冒昧地送给您。您如有空读了它，以后向人再讲您一路上讲的那些事时，可以少一些奇谈怪论！"

世上确有一些人，说谎不打草稿，吹牛不打疙瘩，以为天下人都是可欺的。《儒林外史》里的匡超人和牛浦郎之流的人物有的是。俗谚又道："满瓶子不响，半瓶子哐当。"愈是浅薄的人愈是要表现自己，大放厥词，这也可说是通病。但如恰巧遇到了识者，即使不像布封那样当场戳穿，也难免要被窃笑的。

明人张岱的《夜航船序》的结尾，记了一个故事：昔有一僧人，与一士子同宿夜航船。士子高谈阔论，僧畏慑，卷足而寝。僧听其语有破绽，乃曰："请问相公，澹台灭明是一个人，是两个人？"士子曰："是两个人。"僧曰："这等，尧舜是一个人，是两个人？"士子曰："自然是一个人。"僧人乃笑曰："这等说起来，且待小僧伸伸脚。"

张岱于是说他的这本著作"但勿使僧人伸脚则亦已矣。"对无知妄人的缺乏自知之明，肆意炫耀自己确是辛辣的讽喻。

1993 年 6 月

【选自何满子著《如果我是我》时代文艺出版社2000 年版】

如果我是我

我当然是我，无须是拍胸自夸"老子行不更名，坐不改姓"的好汉，当众自行验明正身，以证实他的我之为我的不诬；哪怕是猥琐的小人物，也无人怀疑此人是他本人，他也绝无做出假设以论证我之为我的必要。与和尚同行，和尚乘其酣睡时剃光了他的头发，溜掉了，此人醒来一摸自己的光头，诧异地大叫："僧固在，而我安在？"这样的事只能是笑话。神灵或鬼魂附体，使躯体的主人不复占有他的臭皮囊，也只能是装神装鬼的造谣惑众或文人的艺术虚构。我之为我应是不争的事实。

然而，倘若不是在"我"的人称概念上兜圈子，而是涉及人格内容时，用不着深奥的哲理辨析，我确实有时甚至常常不必是我。大致说来，大人物虽然善变，比较地能保持我之为我，其人格之或善美或丑恶都少受制约。历史上很多皇帝，为了进行其我之为我，无妨"天下自我得之，自我失之，亦复何恨"，为其我之所欲为；小人物要保持我之为我就很吃力，乃至必须为此付出沉重的代价。这点鲁迅早已道破在前，《而已集·小杂感》中写道："阔的聪明人种种譬如昨日死，不阔的傻子种种实在昨日死。"昨日之我死掉了，今日之我就不再是那个我，即我已非我。不过聪明而阔的人仅仅是"譬如"一下，其我之为我本质依然；傻而又窄的小人物则"实在"死了，即那些年流行的"脱胎换骨，重新做人"的话头。呜呼，胎与骨俱已脱换，其人的我也就从此失落，势必另找一个替身（或曰傀儡）以维持其存在了。"从前种种如昨日死，从后种种如今日生"，此话的发明权属于曾国藩，当然是聪明的阔人，他准确地下一"如"字，即不是真死而是假设一下，我固如死而未死，无须易一另我，对我之为我是很执著的。

更早的坚持我之为我的名人是东晋的殷浩。《世说新语·品藻》："桓（温）问殷：'卿何如我？'殷云：'我与我周旋久，宁做我。'""宁做我"是他的选择，由此可知他也可以俯仰由人而不做我。质言之，即做一个实质上非我而仅只在人称上的我。做后一种选择时，他就成了笑话中的"僧固在，而我安在"的人物，化荒诞故事为人格失落的悲剧了。

人称只是一个代名。名者实之宾，当做为人

称的"我"的那实体已蜕变或异化为非我时，我就名存实亡，于是"如果我是我"的假设便能成为合理的命题。

同时也就产生了反命题："如果我不是我"。事实上这个反命题还曾经更现实、更经常梦魇般地萦绕于人们的脑际，而且和心有余悸之类的情结隐隐地纠缠泛现。我和我所熟悉的许多许多人——我几乎想说知识分子绝大部分，都曾真心诚意地企求背弃自己，梦寐以求"如果我不是我"，即"宁不做我"。在神州大地一步一步地走向神经病大地，最后终于变成了一个大疯人院的大约一个世代里，人们诅咒附着在自己身上的教养，宁可不做烙有原罪印记的知识分子；中国小说比方是刮掉林教头脸上的金印，用外国小说比方是揭去海斯持·白兰胸前的红 A 字，以减免在知识与反动成正比的方程式下所承担的精神和物质的重负。有些人则退而求其次，宁不做触处荆棘的人文学科方面知识的拥有者，化为可博少许宽贷的技术人员。人们诅咒自己的出身，即带我进入世界的我的那个娘胎，宁作祖上是三代讨饭的摩登华胄。这种"如果我不是我"即自我背弃的愿望还延展到下一代，不愿子女是自己的肖子以摆脱原罪。这种宁做非我的人格否定可能对许多许多人都是记忆犹新的。

　　这看来不过是一种在屈辱挣扎中的虚妄的幻想，在理论上似乎是办不到的；但"我不是我"毕竟是顽强的命题，它可以通过人格剥夺来实现。一点不含糊的是，我放弃我、背叛我、异化我曾是现实的不可抗拒的定命。有的人乐意，有的人无奈，总之成群的生灵都得在非我的道路上行进，有的行进得有如缎子般的滑溜，有的跌跌撞撞地蹒跚而行，有如上帝牧放的把草原染成一片雪白的羊群，当然不是抒情诗的景观，有的只是消耗性的悲剧，只能引起历史的长叹。

　　现代生理医学有变性术，把窈窕淑女变成风流小生，那是受术者自愿的。以人格剥夺完成的我不是我显然不很有趣。（当然不能排除自愿的和感到有趣的人之存在，古人不是也有自宫了进宫当太监的么？）比如上面说到的知识吧，自然不能被剥夺，但不妨碍使其置之于无用，堵截其我之为我的实现，使之枯萎蔫瘪而不成其为我，或不全成其为我，还可以使之应声作响，假我之口唱非我之歌，吼非我之怒，陪非我之笑；使我的本身等于行尸走肉，成为"哀莫大于心死"或更难挨的"哀莫大于心不死"（聂绀弩诗）的可怜虫。阿Q说"我是虫豸"时大概就是这种境界。

　　如果我不是我（不，没有"如果"），我就要信奉而且执行一种非我的道德，或简直无所谓道德。道德也者，本来就是套在实际利益上的一件外衣，痴夫愚妇们不开窍，才把做人的道德和人的尊严之类混为一谈，还把它作为救世正人的良药。巴尔扎克早就在《高老头》里借人物之口揭破了底蕴："世界一向就是这样的，道德家永远改变不了它。"为了惩治这种恶疾、既然愚人把道德和人的尊严相提并论，那就首先剥夺掉人的尊严，直到使其不知羞耻为何物。这样，人之成为非我才较为彻底。于是，人们不知道为了三十枚银币而叛卖告密是该诅咒呢还是该颂扬？不知道传播弥天大谎是愚昧呢还是超级忠诚？也分辨不清跪吻一尊神像的靴子以祈求福祉是迷信抑或是最新科学乃至是最低限度的公民道德？等等。

当人失去了自己，我不复为我时，所有的价值观自然可以听从摆布而随意颠倒。现成的理由是"吾从众"。独立思考是不可饶恕的奢侈。虽然也有为数不多的人记得"沉默是金子"，考虑一下"如果我是我"，这话我该不该说，这事我该不该做，该怎么说和怎么做，好歹保留点我是我，但谁能侥幸不被当做一支箭放在弦上呢？

我之所以为我，系于我有主体意识，我必须像忠实于人、忠实于世界那样忠实于我自己。能做到"己所不欲，勿施于人"之前，首先要做到"己所不欲，勿施于己"。于是我才能心安理得，以我是我而欣慰，才有"宁做我"的自尊的执著。可叹的是，要做到"宁做我"，我行我素，宠辱不惊，虽千万人我往矣，实在不容易，很难很难。易卜生称颂孤独者是最强的人，正是痛感于独立特行之不易坚执。抗拒外力难，抱朴守素也难。何况生于斯世，这不仅仅是安贫乐道的问题，要守住"我是我"的防线，真须大勇者；能念兹在兹地提出"如果我是我"的自问，判定我该怎么说，怎么做，也已可算是称职的"人"了。完全失去了"我"，也就失去了"人"，当然仍不是称谓而是实质。

那位宣称"我与我周旋久，宁做我"的殷浩，就没有能实践约言，守住"宁做我"的阵线，不耐黜放的寂寞，经不住诱惑，在书空咄咄之时，"（桓）温将以浩为尚书令，遗书告之，浩欣然许焉，将答书，虑有谬误，开闭者数十，竟达空函，大忤温意，由是遂绝。"（《晋书》本传）真是大大地失态，出尽了洋相；而且还是在先前向其矜持地宣称"宁做我"的对象之前失态丢人，落得个无所得而又不光彩的下场。

"如果我是我"是一个严峻的命题。

1993 年 1 月

【选自《散文与人》花城出版社 1993 年版】

一张烛照力非凡的账单

　　十年浩劫中，历代珍贵文物的损失也是浩劫中的一劫。大量图书的焚烧散失，群氓对古建筑、石窟雕像、陵墓碑碣等等的毁坏，凡此种种，迄今还没有统计公布过，恐怕永远也不会有周详的统计数字。被毁坏的文物的价值，本来也是难以用金钱计算的，更将是历史的一本千古糊涂账。

　　在"浩劫"的"劫"字的涵义中，除了"劫难"这一义项外，还有"劫夺"一义。即并非野兽般地盲目破坏，而是浑水摸鱼地将文物劫取到了自己的手里。打砸抢横行之际，上上下下，"革命"者将看中的东西劫夺到自己的手里的所在多有，这笔账也永远算不清。

　　这之间，那些文物珍品，不少落入大盗而不操戈矛的造反巨头的私库里。正如强盗坐地分赃，盗魁理应指点着最好的一份收归已有。那些盗魁们大多是识货的，或喜欢附庸风雅的，不掏一文钱，不捞白不捞，只要向管理抄家掳获物资的人吩咐一声"这件我拿去看看"，就永远看下去了。

"看"了多少去，这笔账——本来盗魁的人数有限，是比较容易算清的——至今也还是一个"黑盒子"。

但今年 6 月 26 日的《文汇读书周报》上刊登的《大劫小账》一文，却掀露了大幕的一角。该文从画家叶浅予《十年荒唐梦》一文的零篇断章中，发现了叶家被抄的三十三项文物的"去向"。叶浅予因"文革"中被抄去文物未蒙全部发还，"落实政策"时有些东西被通知"查无下落"；他估计到这些东西尚在人间，只是有关单位难以处理，所以只好以下落不明搪塞。于是据理向北京文管会要求告知下落，愿意自己去找，免得经管当局为难。当时的北京文管会这才开给了叶浅予一张这批文物下落的抄件，使我们有幸能看到这一有趣的"劫夺"（或"窃取"）纪录。

以抄件所列的人物出场先后为序：陈伯达共九项（十件）；康生、曹轶欧夫妇共八项（九件）；林彪共十一项（十六件）；李作鹏一项（一件）；江青三项（三件）；汪东兴一项（一件）。叶浅予被抄去而未获归还的三十三项文物于是件件找到了"去向"。据文章说，至 1986 年只找回了七八件。

看一下上列劫夺人的名单，大多数是当时"中央文革领导小组"的成员，由此可稍理解"文革"使命的一个侧面;当时张春桥、姚文元等坐镇在上海,失去了"拿去看看"的机会,很替他们惋惜。看一下劫夺者的兴趣,大概林彪在选择文物的时代上呈唯古是尚的倾向,所以要了仿马和之的《兰亭图》,此件虽是仿作,但马和之毕竟是南宋画家;清代画家任阜长的屏条四幅也笑纳了;另一清代画家钱慧安的一本人物画册也在选中;张大千的《青绿金地扇》则大概因为可以随手把玩,也马马虎虎赏光收下。李作鹏看副统帅的样,也要古的,选中了明代画家蓝瑛的一件绢本山水。陈伯达倾心的是近代名家,光是张大千的画就选中了七幅,徐悲鸿的《立马图》也没有放过。康生自己只选了两件石章(又假手老婆曹轶欧选了四件石章),显然都是精品;另外由曹轶欧取了一幅苏仁山(长春,清代画家)的画条,捎带一幅近代潘天寿的,顺便拿走了张大千的一把荷花扇玩玩。江青不知何故,专挑选文房精品,曹麟伯的名墨呀,嵌银丝的镇尺呀,大概取其小巧可玩。林彪兴趣广泛,除名画外,也颇钟爱这些玩艺、墨、砚台、臂格,只要在忘记了斗掉"私心一闪念间"的时候,斗私专家总也要来点侵占非分的私有欲,沾点小便宜的。

叶浅予虽是画家,但他不是收藏家,像他这样规模的文物收藏者,在北京、上海这类大都市里有一大批。这些人家在打砸抢横行时期的命运可知，文物被劫的总数，则如上面所说，只能是一笔糊涂账了。

叶浅予所得到的虽然只是小小的一张账单，糊涂账本中微乎其微的一张清楚的账页，但它的烛照力却不平凡。有如禹鼎的一只小角，魑魅魍魉都铸在上面；也有如一片 X 光透视片，衮衮诸公的心肝脾肺都清晰呈现。必须记住：当时八亿中国人的命运是掌握在这些道貌岸然的大人物，不，劫贼手里的呀！

1993 年 6 月

【选自何满子著《如果我是我》时代文艺出版社 2000 年版】

通俗文化的妙用

有《阳春白雪》就有《下里巴人》，通俗文化自古有之。通俗文化也不全是有害的东西，理应在社会中占有一席之地。但社会文化市场也有个当量问题，如果比例失衡，通俗文化过度膨胀，就会挤压得高品位的文化无所容身。这关系倒还不大，至多不过使社会总体的文化水平相应显得低下而已。倘若通俗文化中的庸俗情趣部分无限制地泛滥，那就会驱使国民精神趋向颓靡，这就是文化环境遭到污染的问题了。至此，问题还不算顶大；更严重的是，倘若人们不知鉴别良莠，以肉麻为有趣，管事儿的和导向的舆论也不从民族文化的前途考虑这种失衡将给社会带来什么，听之任之，鼓噪附和乃至提携奖掖，那就可忧而且可悲了。近年来人言啧啧、议论纷纷的症结，恐怕就在这里，而不是通俗文化该不该有的问题，更不是由于要退回到五十年代清教徒式的"纯洁"状态的痴心妄想忽然作起祟来。

不久前从传媒得知作家王蒙在一次讨论会上

谈他对通俗文化的看法，其中有一段话十分令人钦佩：

> ……大量消闲文化的出现表明：很大一部分老百姓开始懂生活，并开始享受生活。歌舞升平的社会才是一个祥和的社会。试想：如果十二亿人都在关注中央将有哪些人事变动、国家政策将作哪些调整，惶惶不可终日，那么国家岂不是岌岌可危？

这段话说得好极妙极。妙在这段话是意味深长的反讽。其意若曰：这种通俗的消闲文化乃是一种转移视线分散目标的利器。人生在世，总是要关注点什么问题的；人的精力又毕竟是有限的。热衷于这样就不再注意那样，消闲文化在消闲之余，不，消闲之间，把人们的精力都消化掉了，就不遑顾及其他，人人都对天下事管它洪水滔天，社会于是歌舞升平，于是祥和。

这个道理和古代的某种政治哲学，即孔夫子所说的"民可使由之"的主张相通。但"由之"也得领到该"由"的路上去，否则，万一"时日曷丧"，事情就不好办。此理不仅适用于齐民，也可施之于豪杰。古代颇多以声色转移对手的注意，使之沉迷而己方赖以得售的故事。著名的有如越国将美人西施献给吴王夫差，让他在西施的怀抱里发昏的妙计；《三国演义》里周瑜施美人计诓刘备到东吴成亲，也袭此故智，当婚事弄假成真后，周瑜依然认为最好是将刘备软困于东吴，"盛为筑宫室以丧其心志，多送美色玩好以娱其耳目"（第五十五回），使刘备神魂颠倒，消磨掉壮志为上策。小说和历史虽有距离，但转移目标、消磨精力的办法却是行之有效的。

其实，这套办法愚夫愚妇也懂。旧时代有些土老肥，为了怕儿子远走高飞或在外面闯祸，就宁肯让他抽鸦片烟，讨小老婆，使之困住在烟榻上，拴在女人的裙带上，半步也动弹不得，免得多事的子弟心猿意马，不服收管。这也能起造成歌舞升平、一片祥和之气的妙用。至少老头子本人乐得耳根清静，天下太平；不再有惶惶不可终日，家庭岌岌可危之虑。

但对王蒙谈通俗文化的这段反讽，也只宜引申到这里为止。再说下来就不很雅驯了，沪语谓之"划边"。划边过甚，就接近沪语之所谓"不识相"。

1994 年

【选自何满子著《何满子杂文自选集》百花文艺出版社 1996 年版】

拟《无花的蔷薇》

人犬通用

如是我闻：一青年"大款"喜炫富，左右手上除大拇指外，其余八指均戴有黄灿灿重滞滞的金戒指。犹嫌不足，到首饰铺去购一项链。遍视各种项链，都嫌太细，不够派头；忽见一极粗项链，店员说是一太太定做的，是狗链。此"大款"即付巨额定款，要店员照样打一条。

事有凑巧，此"大款"去取货之日，那阔太太也牵着宠物去取她订购的金狗链。于是太太为宠物戴上，而"大款"则自己戴上，彼此相视而笑。

但请读者诸君莫笑，这样的事有什么可笑的？

想当然耳

两位历史学家的对话：

甲："我以前老是想不通，孔夫子在鲁国教

书教得好好的，弟子有三千，贤人七十二，偏要去周游列国，真是吃饱了撑的!"

乙："这还用想，他是去寻求一个有道之君，好行他的道呀!"

甲："全不是那么一回事! 他是在到处奔走，找一个不欠薪、不打白条的地方教书。"

乙："何以见得?"

甲："以今例古，想当然耳。"

振振有辞

据今年第 11 期《蓝盾》文章揭露：湖北省咸宁市市委副书记、市长陈恢友，为了地方和部门的利益，故意违反国家规定，弄虚作假，使国家蒙受二百四十四万八千九百万元的损失。受到撤职处分后，"突然激动起来：'我是市长，又不是国务院总理，我考虑市里的当然要多些啦!'"云云。

这番因公贪污舞弊的辩护词确系妙论，可供市长大人的下属仿效。倘有该市的局长也想为本单位而牺牲全市的利益，则可振振有辞地道："我是局长，又不是市长，我考虑局里的事当然要多些啦!"局长的部下如果贪污了，也可以振振有辞地道："我是一家之长，又不是局长，我考虑家里的事当然要多些啦!"

新词备考

问："何谓'一颗指'?"
答："人民币一万元。"

这个黑话词汇见之于《西南经济日报》所载的一条消息中,是一个不法分子向公安局长行贿时讲的"切口"。"一颗指"等于上海市语的"一千张分"。录以供辞书编辑参考。

但这件案子公安局长没领情,贿款充公,案子照办。可见也有一颗指戳不倒的硬汉。

本人除外

局长讲话:"现在严打贪污腐败,要从上面做起,首先要清查你们各处的处长。"

处长讲话:"现在严打贪污腐败,要从上面做起,首先要清查你们各科的科长。"

科长讲话:"现在严打贪污腐败,要从上面做起,首先要清查你们各股的股长。"

上上下下,自己不在其内。

【原载 1994 年第 1 期《漫画世界》】

道德怎样了？

　　道德从来就是聚讼纷纭的问题。首先是道德观不能一致，盗亦有道，但强盗和挨抢劫的人不可能有同一的标准，说不到一块儿去。时间、地点、条件、当事人的身份、年龄和观点大致相同的都可能有分歧，何况有"代沟"的、处境不同的人们，道德观自然各有其是非。

　　社会道德体现于群体的行为倾向，通常叫做社会风气，或世风。现在的风气是好还是坏，即当前是道德景气呢，还是道德败坏？人们的看法就很不一致。最近《光明日报》（6月27日）的《文艺观察》版上，以《文学：呼唤与社会变革相适应的新道德》为题，刊载了首都若干学者、理论家的议论。开头对"当前道德状况的基本估计"这个题目，就举出了两种对立意见："滑坡"派和"爬坡"派。后一派的论据是，随着社会向市场经济的转轨，一个全新的价值体系和道德观念正在兴起，人们就在新的体系和观念之前吃力地爬坡。"滑坡"论者的理由很清楚，由于钞票拜物教的猖獗，以权谋私、权钱交易、贪污腐化、投机诈骗、吃喝成风、明娼暗妓、治安恶化，凡此种种都是道德滑落的症侯。折衷于两派之间的则说是"滑披"与"爬披"并存，必须引起深切关注，但对未来必须充满信心云云。

后一种折衷派是两点论，也就是常听说的挑战与机遇并存、困难与希望同在的话头，无懈可击，可置不论。前两种的"滑坡"派和"爬坡"派实质上内容相通，其所以要爬，乃是因为滑落了的原故，倘社会道德水平上升或只平稳地行进，自然无须爬坡。可知滑乃爬的前提，爬乃滑的结果。其公式为滑坡——忧患——爬坡。归根结底，道德现象之所以引起关注，促人忧思，问题是出在滑坡上的。

滑坡的诊断是怎么作出的呢？即何所据而断定现今道德滑坡？显然是从改革开放前后道德水平的比较作出的。然而，这个判断是偏颇的。诚然，在钞票拜物教的猖獗下，社会上有相当范围的道德滑落乃至道德沦丧的现象，这毋庸否认，也否认不了，但同时也应该看到，当今的社会道德有升腾的方面，有冲破以往的丑恶卑劣而净化、而趋向善美的方面，这也是从前后道德表现的比较上得出的。

不说别的，人们只要想一想过去的大约一个

世纪里,人与人之间的关系和人的言行,其道德标准有时下降到什么程度!彼此互相侦视,打小报告,诬陷告密;只要看到一点示意乃至一点气候变化,就不分是非地群起声讨,轻则将人搞臭,重则陷人以罪,同类相残,丧尽良心。人前满口革命八股(解放八股,运动八股,造反八股等等),实则两重人格,做戏的虚无党。上骗下瞒,假、大、空话连篇。更无须屡述这些道德沦丧的风气给大批人和社会、民族带来的严重后果。到十年灾难,某些人的道德败坏已进入谷底,至今想起来都尚有后怕。

改革开放十多年来,虽不敢说这类丑恶卑鄙的现象已彻底绝迹,但绝对已不是社会风气了。夸张点说,较之社会道德的低谷时期,已从兽性境界升腾到人性境界了。

道德与人心相连,改革开放前的人心在某些方面可说已烂入内脏。目前某些畸形现象虽也属于道德败坏,但烂在肤表。烂在肤表的人人看得见,干坏事的人也自觉心虚,在十目所视十手所指之下有时不得不有所收敛,只要注意防范整治,市场经济步入正轨,法制严密了也容易解决。而烂入内脏的则不易察觉,那些丧德的言行还被视为"积极"、"觉悟高",丧德者有恃无恐,干坏事也不脸红心跳,不受良心的谴责。所以直到有拨乱反正的大动作，社会风气才能丕变。若说道德滑落，则"文革"时已滑到谷底，现在只是上升中的毛病，前进中的挫折。对现状虽不可掉以轻心，但观照前后，乐观是有根据的。

1994 年 7 月

【选自何满子著《狗一年猪一季》河北教育出版社 1997 年版】

今昔虚夸

　　旅途中邂逅了一位报社记者，谈锋甚健。此人是采访财经新闻的，最近在几个省区作了一阵子追踪采访，向我谈了一些内幕性的奇闻怪事，当然不宜公开，我本来也无意传播这类令人摇头兴叹的消息。他谈到当前不少地方所上报的统计数字的虚夸，则颇发人深思，这现象报上似乎也有过揭载。从这一问题切入，实在可以触及一种不大不小的时弊，乃至说是一种世风也行。

　　我们是吃尽了五十年代后期浮夸风的苦头的。那时放火箭式的虚报产量，层层加码的荒唐表演弥漫全国，最终导致了三年"自然灾害"的困难时期的来临。那教训的惨重，使人至今对统计数字的弄虚作假仍极敏感。因此，此风一露头，很快就为上面所注意，舆论所关切。调查研究统计数字的虚夸，正是这位记者的采访课题之一，所以他心中有一本账。

　　他说，五十年代那阵浮夸风，是清一色的打肿脸充胖子，后来果真不打而肿，大量城乡居民得了浮肿病。他那时读中学，也因营养不良染上了。这回的虚假统计，可就五花八门了，有充胖子的，也有扮瘦子的。比如，要争个"十佳"、"百强"之类，数字就夸大，尾巴上加个"0"；要争个少上缴、补贴、救济什么的，数字就缩小，分明是脱了贫的硬是不愿摘去穷帽子。其中也有夸大和缩小的反流向，以达到装胖和扮瘦的总目的。比如，要装胖的，就将损耗项的数字人工缩小；要扮瘦的，则灾害耗损项的数字尽量夸大。这里头有隆胸术和减肥法，花样百出，其整容的目的就是为达到实际的经济利益，基本动机大抵属于本位主义和地方保护主义，当然也不排除这方这单位头头个人的好处。

这位记者在议论中列举了不少实际事例，谈话时还掏出笔记本来帮助记忆。不少是属于不宜公开的内幕，上面所记的只是纲领性的或带有结论意义的谈片。

这番谈话稍稍给了我一点启示，倘要从时弊层面切入世风层面，则对照五十年代的浮夸风和当今的虚假统计，不仅有全面和局部之别，而且有性质上的差异。前者是政治性的浮夸，那时是政治挂帅，只算政治账，不算经济账，胡乱报账只是为了达到雄才大略的政治目的，以装点"形势大好，越来越好"，"敌人一天天烂下去，我们一天天好起来"，"东风压倒西风"的充胖整容。而这回的统计虚夸，则是经济性的做假，因为现在是以经济为中心了，搞假统计只是为了实际的经济进账，当然只是局部的或地方范围的经济利益。前者是"全国一盘棋"，从上而下地大家闭着眼睛说瞎话唬弄人，这回是由下而上，瞒上不瞒下，眼睛睁得大大的，属于精明的骗术。前者是一窝蜂，所以全国成风；这回是不正当的竞争手段，经济学上称之为"野蛮的市场掠夺"。

任何浮夸都是弊害，但如要略作宽慰之词，则当今的以统计虚假做手脚，在市场机制步入正轨，法制严密之后大概可以抑止的吧。

1994 年 11 月

【选自何满子著《狗一年猪一季》河北教育出版社 1997 年版】

桌子的逻辑

邵燕祥的杂文写得好，但读来每让人感到一股迂劲。说得婉转点，是总带着一份诗人的天真。细究起来，他总是一厢情愿，巴望什么事情都循着他的如意算盘运转。过了六十的人了，还是在人情世故上少点讲究。

这点想头是从最近读了他的《争鸣与桌子》一文明确起来的。此文收在他的杂文集《大题小做集》中，是讲"百家争鸣"的游戏规则的。"百家争鸣"这个话题现在已经不大有人再议论了，想必因为这命题已经提出了几十年，好说的都已说光，不好说的大家也知道无须饶舌，只须看"顾力行如何耳"了。邵燕祥此文作于一九八六年，那时"争鸣"的议论犹有余热；而且该文的命义似乎也不限于争鸣，扩及人际间的对话，人与人之间的平等关系，乃至处事的光明正大等问题。一篇杂文的涵义如果不能广袤地外延，只是就事论事，那就成了按标准答案交卷的蹩脚的策论文章了。

　　该文说："百家争鸣不能离开一张桌子。""有一张桌子与没有一张桌子大不相同。"理由是：一、"利于把话摆到桌面上来"；二、"利于平起平坐"；其余一切好坏，也都是从这两点延伸出来的。总之，有一张桌子，才是平等的和光明正大的对话的保证。

　　然而，桌子的文章还有另外的做法。

　　桌子有桌面，因而一切可以摆到桌面上来；但不能忘记桌面之下，也有桌底。桌底却利于遮掩花样百出的风流罪过。一个小比方，电视里常见这样的特写镜头，一个女人当着丈夫在场和另一个男人调情，就用脚在桌底下去勾那情郎的脚；双目含情地朝着丈夫笑眯眯，深情却贯注在脚上和情郎缱绻。以此类推，摆在桌面上的是可以告人的一套，掩盖在桌底下是诡计多端的另一套。至于传消息，出点子，更宜于在桌子底下做手脚。事例甚多，姑拣一个大家所熟知的史实：《史记·淮阴侯列传》叙韩信平了齐地，派使者报告刘邦，求为"假王"。刘邦大怒，骂他"欲自立为王"，张良、陈平当着韩信使者的面，不便"把话摆到桌面上来"，只得暗暗"蹑汉王足"，使刘邦省悟。桌底下的这个点子递过去，刘邦心领神会，立即改口："大丈夫定诸侯，即为真王耳，何以假为！"这个弯转得十分滑溜。可见桌底的妙用甚多。远胜于摆在桌面上的。

有一张桌子也不能保证"平起平坐"，也许只能维持一个平起平坐的假象。法官审问犯人不消说，虽然隔着一张桌子，彼此都坐着，但一边可以拍桌子叱喝，另一边却只能从实招来或低眉申辩，不敢出大气。有些长官表现得平易待人，虚怀若谷，请属员坐下，面前也有一张桌子，貌似平起平坐，但绝不妨碍长官意志的遂行无阻。再说，倘是敌对双方把话摆在桌面上平起平坐地谈判，还有更危险的戏可演，帐外可以埋伏刀斧手，立时三刻可以掷杯或别的示意为号，把人扣留乃至结果了性命，一张桌子何用之有？

又再说，确是平起平坐，也确是摆在桌面上谈，但一边人多势众，一边势孤力单，东扯西拉和喧哗鼓噪都足以使理直气壮者瞠目结舌，舌战群儒抵敌不过人海战术。你会争，他会"鸣"；他还会讲"民主"，举起来的手比你多的多。你争辩说：真理也许在少数一边；他也会说：关于真理是否在少数一边的问题，也可以表决一下。表决结果当然是你败北。

何况再说，桌面上谈的是如此，公之于众的可能完全走样甚至相反，摆在小桌面不等于摆在大桌面上。这回，你想争鸣倒反而堕入彀中：不是摆在桌面上谈过的么？不是平起平坐的么？你还能说什么!

民间争论是非，常到茶馆里去评理，广东人谓之"吃讲茶"。非但有桌子，桌面上还有茶，看来两边都是平起平坐的；但是，熟谙世情的茶馆老板只要瞄一眼双方的人头，哪方评赢哪方评输，没等落座他就能下出准确的判断。谈判桌从来就是倒楣一方的陷阱。

有一张桌子和没有一张桌子是一码事，问题岂在桌子？邵燕祥的文章里，他自己也不是分明说过有人是会"拍桌子、掀桌子"的么？你奈他何!

【选自何满子著《狗一年猪一季》河北教育出版社 1997 年版】

传记文学谈片

一位老朋友的孙子患病，要作较长时间的休息。孩子是很爱读书的，这朋友准备买些书给孙子读，并认为多读点名人传记于孩子有益。他自己是个学科技的，对传记著作很陌生，要我介绍一些当前写得较好的传记。老朋友了，我只能讲实话，告诉他：当前市面上流行的传记最好不要让孩子看。那些东西不是趋炎附势的，就是黄色的。最好是找罗曼·罗兰的五种伟人传给孩子读，要认真阅读，特别是《贝多芬传》和《米开朗基罗传》，可以反覆读三五遍，那才对青年人真正有益，受用无穷。

老朋友说，你说一些传记"趋炎附势"，还好理解。传记当然要写些人所熟知的大人物，这才能吸引读者；然而，怎么谈得上"黄色"呢？这未免故甚其词了。

我说，我说的"趋炎附势"你也没有理解我的意思。传记一般说总是记述名人的生涯的，写阿猫阿狗有谁去读？而且芸芸众生的一生也没有什么可写；写了也不能幅射出重大的人生问题，于人没有什么教益。我所介绍的罗兰的传记，也是写伟人的，写名人不一定就是"趋炎时势"。我说"趋炎附势"，是指传记作者对他所记述的名人并无深刻的理解，对传主的应有的历史评价当然缺乏独到的卓裁，只因为这传主是名震遐迩的，是热点人物，出于一种可以招徕读者的市场观点才你也写，他也写，写个不完，这才叫"趋炎附势"。只要读一读这些传记，就可以体会到，这些作者精神上是跪倒在地，不是以人与人的平等身份，而是屈膝仰面在抖抖颤颤地为传主画像的——当然不可能描绘得准确，更谈不上传神，乃至要求能显黯出传主的心灵的奥秘。这是可与"为艺术而艺术"作对仗的"为传记而传记"。就作者的创作人格言也是"趋炎附势"的。

黄色么？因为"黄色"的概念现在已被人搅浑了。"黄色"现在成了色情淫秽的代称。黄色的原意是指迎合小市民的庸俗低下的趣味而实质上是毒害健康精神的玩艺。"黄色"一词起源于十九世纪的法国，那时巴黎流行着一种黄色封面的廉价的通俗小说，内容大都是揭露内幕，描写奇闻怪事，如花花公子和荡妇淫娃的风流韵事，大人物的私人隐秘之类的供人"消遣"的东西，丝毫没有高尚的情操。"黄色"作品里当然可以夹着"桃色"（即色情），但"黄色"的涵义却要广得多。流行的那些传记，因为作者本是"趋炎附势"地找些名人来招徕读者，作者本人的精神境界就很低下，要哗众取宠，就只有多找传主的某些不为人知的私事秘闻来吸引读者。于是这些传记作者的最大努力，就是去寻访那些与传主生前有关的人士，探求一些传主日常生活中的琐屑秘事，敷衍成篇。须知群众是有了解伟人私生活的好奇心的，对历史内幕也有浓厚的兴趣，所以这些传记畅销，畅销的原因就是它们的黄色内容。

至于我推荐的《贝多芬传》、《米开朗基罗传》，那才是读了令人振奋，令人高尚，令人向往美好的杰作。那是因为作家罗曼·罗兰本人就是高尚的人，本人也是伟人，和他所写的伟人心心相印，才能揭示出伟人的精神品格而具有震慑人心的力量，而不是靠秘闻琐事取悦人……

老朋友听了，为之动容，欣然接受了我的意见。这种意见别人大概听不进的。

【原载 1995 年第 2 期《出版广角》】

舆论监督与监督舆论

　　舆论是众人之论，人心不齐，当然七嘴八舌，口径难以一致；舆论又是下面的议论，当然不一定雅驯，不完全合乎温柔敦厚之道。于是听的人不一定全部顺耳，有时上头的人听起来简直刺耳，疑为找碴儿，有意捣乱。一回一回地晓喻、驳斥或曰辟谣不胜其麻烦，而且也未必能"正视听"，所以古代的统治者为了耳根清净，常要管一管，历史上管得最出名的有周厉王的"弭谤"，秦始皇的"禁偶语"。但正如古贤人所说的"防民之口，甚于防川"，这两位都没有"弭"掉与"禁"掉，受殃的是他们自己。后来的人聪明了就采取疏与导的政策，疏导的方法自然是定出言论标准来，违反钦定标准的就叫"悖逆"，斥为"狂吠"。对这事花大力气的，莫过于清朝的雍正和乾隆两帝，许许多多的文字狱就由此而来。

　　别以为当年的"舆论一律"是什么不了起的新发明，不过是古帝王的旧法，祖传老谱而已。

　　然而还是应了"防民之口，甚于防川"那句

老话，桶子箍得太紧，鞭子要断裂，桶子就散架了。

人毕竟是越来越聪明的，于是发明了疏导实即限制的新方法。西方国家发明了一种"吹风会"，政府当局把操作舆论的人员召集起来吹个风，某事应按某种口径宣传议论，其实也是略略宽松的舆论一律法。我们这里则叫做"打招呼"，什么该说，什么不该说，虽非成文定法，但明白人知道那是不宜逾越的。据说那是一种舆论的导向。

舆论是必须导向的，有关国家大计，国际关系，社会风尚，文化倾向，等等，下面看得不全面，不透彻，要盱衡全局的上面来掌舵，这不成问题，无可非议。但打招呼的常常不是这类有关宏旨的事，而是一些正该由舆论来七嘴八舌地议论一番的现象。举一小例，前些年有轰动一时，成为舆论热点的两个大明星涉讼的南阳官司，记者云集该地，正在纷纷报道，忽然云消雨散，一片阒阒寂，无疾而终了。那场官司"葫芦僧乱判葫芦案"，正需要舆论监督，却被监督舆论的上面煞住了。问知情人，方知道这是打了招呼，吩咐必须冷处理，予以冻结。道理当然很明白：那里头有些人碰不得。

这只是一个小小的例子，类似的因为牵涉到

某些人，某种特殊关系必须捂住的情况所在多有，也大抵与国政大计无关。而且层层的在上者都要在自己的权限范围内监督舆论，使舆论监督成了一句空话，至少舆论监督的范围极窄，只能施之于社会新闻，监督监督张老汉、李大娘等市民小人物了。

于是舆论无处宣泄，化为小道消息，乃至化为谣言，化为街谈巷议，化为顺口溜，即古代采风官要采的那种东西。这些东西之能起点不很顺耳的舆论监督的软弱作用，正因为它们是监督舆论者网罗不住的漏网之鱼罢了。

1995 年 10 月

【选自何满子著《如果我是我》时代文艺出版社 2000 年版】

懦夫不认错

　　德国作家魏斯科普夫，在逝世前两年（1953）曾来访过中国，回国后写过报告文学《广州之行》。他通晓中文，翻译过包括鲁迅的旧体诗在内的中国古今诗歌，对关心中外文学交流的读者应该不是陌生人。很抱歉，他的著作我一本也没读过，但是却记住了他的一句话，那是他来华期间答记者问时提到二次大战的观感说的。他说："希特勒是个懦夫，一生都没有认过错。"

　　话虽然留在记忆里了，可是我并不能察觉这句话的真正分量。近些年来，因事触机，常常想起这句话，愈想愈体会到这句话真是阅透人情，对历史人物作过认真掂量而发的箴言。希特勒当然是个大恶魔，但不论如何遗臭万年，他是一个历史人物。在他叱咤风云的那些年，他被认为是一个"伟人"。关健就在这里。倘是一个普通人，阿猫阿狗之类，身价不值几文，认认错也不见得会怎么掉价。有些人还迫于形势，不得不认错，比如罪犯，在法庭的威慑下，不认错也脱不了手。

至于泼皮们，则认错还是撒泼的手段之一：老子就是错了。你们敢把老子怎么样！

然而被人认为伟人或自以为是伟人的，能认错就是一种莫大的勇气。甚至可说，有没有坦诚认错的勇气，是伟人之是否成为真正的伟人的试金石。虽然，大人物犯了错误，众目睽睽，想捂也捂不住，一时掩盖住了迟早也会露馅。圣人说得好："君子之过也，如日月之食焉；过也，人皆见之；更也，人皆仰之。"但世上似乎懦夫更多些，头埋在沙子里忘记了屁股翘在人眼里的鸵鸟，比敢于撒泼，拍胸承认"老子就是错了，你们敢把老子怎么样"的泼皮更少点勇气。其实，认不认错，效果都是一个样，谁也不敢把他怎么样。不过不肯认错，其过"人皆见之"的君子倒多少在众人眼里掉了价，嘴里虽不说，心里却判定连这点勇气也没有的大人物，从诚实上来说，倒不及泼皮之磊落可爱了。

大人物之所以终于要学鸵鸟，是因为死挣着要维持一贯正确，通体漂亮，于是脸就拉不下来。通常，赖账的办法，一是巧词辩饰，通常叫做诡辩术。彼一时也，此一时也。那时如此做不错，此时这般做也对。嘴唇两张皮，咋说都占理。一是诿过于人，通常叫做找替罪羊。大人物是英明的，下边人错了。希特勒一生都没有认过错，并非特例，翻翻历史，例子极多。明朝的亡国皇帝朱由检，临死时还自称"朕非亡国之君"。《明史》上记载着，他上吊前"御书衣襟曰：'朕凉德藐躬，上干天咎，然皆诸臣误朕'……"云云。责任都推给下面，他自己不过如项羽所说"天亡我也"'一点没有错。

其实不仅大人物，除了小人物无奈只得认错，不错也得认错之外，中人物，稍有身价的俊杰们也大抵没有勇气认错。最现实的例子是，公开平反了的冤假错案，总是错定了的吧。可是当年亲手承办了错案的诸公，有几个站出来拍胸承认"我错了"过？装死不吭的已算上上人物，不少有头有脸的人物照样死不认账，面子必须死挣，威信必须死保。办法也是老一套：当初如此没有错，现在这般也对。总之，他本人没有错过。是谁错了呢，说穿了仍是透过于人，不过这回不是透过于下面，而是一切往上头推了。

魏斯科普夫说得好，懦夫是不认错的。中外古今，概莫能外。

1995 年 10 月

【选自何满子著《亦喜亦忧集》山西教育出版社1998 年版】

郑重回顾历史

不重视、不正视自己历史的民族是没出息的民族，是可悲的。但要正视历史也得有点勇气。历史不尽是花团锦绣，莺歌燕舞，有令人脸红甚至令人耻的往昔，正视历史的人就要挺得住，敢于不遮遮掩掩，更不能讳疾忌医。过去的一年是世界反法西斯战争胜利的五十周年，对比一下同是二战元凶的法西斯德国和军国主义的日本，犯下的是同样的弥天大罪，两国在二战时所写下的都是罪恶的应使后人引为耻辱的历史；但今天的德国人敢于正视历史，而日本则不少人不敢正视，还巧言辩饰。后者就很不漂亮，只能贻羞于世界人民，而且还因为不能正视历史而留下隐患，未来的事实将证明这点，历史是绝不可戏弄的。

各个行业的成员都应该了解本行业的历史，从历史中认知得失，新闻从业人员也必须研究报业史。其中最重要的是考察各时期的新闻报刊对社会生活的作用，在社会发展中发生的是正面的还是负面的影响？特别是在社会大变动中在舆论导向上的正反效应。从这里面获得的教训，最能直接唤醒新闻从业者把握方向的警觉，历史责任感的戒惧，从而能使新闻报刊更好地服务于社会，成为推动社会前进的积极力量。

诚然，新闻事业不是一个孤立的无牵无挂的存在，它受制于政治、经济、文化的大气候，举世滔滔，新闻报刊和从业人员没有能力独行其是。比如，五十年代后期所谓"大跃进"的时期，哪家报刊不是宣扬亩产粮食几千几万斤，土法炼钢几千几万吨这类连篇累牍的空话大炮？以至当时的群众都把新闻和说谎等同，事后想起来真是可悲。但是，那时记者编辑难道都是神经错乱，连起码的常识都完全丧失了么？当然不是。可是在那时的气候下，谣言绝不能止于智者，敢稍表异议者绝无好果子吃。邓拓事后在《燕山夜话》里发出了点明智的也还是旁敲侧击的声音，结果如何？因此，新闻工作的失职，或严重点说，助纣为虐，以至新闻在群众心目中声誉扫地，是不能完全诿责于当时的新闻从业者的。

如果直言不讳，则十一届三中全会以前的一段时期中，中国的新闻史是有许多教训可以总结的失败史。尤以"文革"十年中，那时的全部报刊，几乎都是胡言乱语，必须用鲁迅所说的"推背图"的方法，即从反面去理解，才能求得事实真相。当然，在那时，正直的稍有社会良心的新闻工作者也大抵已被打倒在地，无所能为了。即使一二在位的，大气候如此，回天乏术。这一切都不能由新闻工作者来负责。

但是，这样惨痛的事实中难道没有一点可以反思，可以寻取的经验教训么？至少可以穷根究源，探索一下新闻事业之所以如此无能为力，乃至造成如此一段失败史、耻辱史的纪录的原委吧。或至少，对每个新闻从业者，在今后的道路上，对自己的历史责任上，得以有所戒惧吧。

今年是"文革"发动三十周年和粉碎"四人帮"二十周年。在沉重历史负担面前，能不郑重地回顾一下逝去的这段新闻史么？

1996 年 1 月

【选自何满子著《亦喜亦忧集》山西教育出版社1998 年版】

宽容骑士

在市场经济发展中，近年出现了一些宽容骑士。人数不多，却是有能量的识时务之俊杰。舌端花生，笔底澜翻，颇能吸人驻目停耳。言谈十分"辩证"、"两点论"。如议论某人某事某现象，其公式大抵是：有好的一面，也有不好的一面；要肯定其积极面，也不能忽视其消极面。因此主张对万事万物要大度能容，说起来娓娓动人。初视之，仿佛在主张老黑格尔的"凡是存在的都是合理的"这一命题，细辨之，则是在鼓吹均衡论，亦即"此亦一是非，彼亦一是非"的相对主义。而其所开的药方则是：诸君稍安毋躁，随着市场经济的发展，一切新秩序、新关系、新伦理都会自然形成，急什么！

因此，骑士们十分宽容，指点江山，笑傲众生，讽嘲他人为短视、狭隘、偏激、红卫兵心态，等等。骑士们是站在云端里静观世变的哲士，不食人间烟火。

世上的万事万物，当然也很难判定清一色的

绝对的好坏利弊，此所以无可无不可的庄生哲学也有其市场。对万事不加评价，连称好好的司马徽之类的人物也确实能招人喜欢，八面玲珑，今语称之曰到处摆得平。但是，常人要修炼到宽容骑士那样的道行是很不容易的。我还怀疑，宽容骑士自身是否真能心平气和地宽容大度到底；当别人触犯了他们，对他们的"宽容论"表示非议时，是否真能沉得住气。如果也会气急败坏，暴跳如雷，那就证明骑士们宣扬对一切要有宽容气度，而他本人却并不对一切都逆来顺受，维持其宽容的矜持；则即使不便说骑士的"宽容论"是虚伪的，只是一种唱得令众人欣悦、带有怀柔或绥靖味儿的高调，至少也说明"宽容论"有点什么破绽。人也不能和不该对万事都一律包容，想做彻底的犬儒主义者，也不是那么容易的。

诚然，事物的是非利弊，其价值判断不宜绝对化，但人们凭常识、凭经验、凭理性的思考，是得以定出应有的标准来的。鸦片烟能镇痛安神，做麻醉剂入药，但它毕竟是毒品，上了瘾是要把人报废的。当然，鸦片烟的例子太极端，太彰明昭著，即使宽容骑士，也不会向禁鸦片烟一事说教，说应该对毒品宽容，那不至于。倘若弊害不那么明显，效验不那么迅疾的事物，例如近年来迅速膨胀的市场大众文化中的庸俗趣味之泛滥，有人如果提点意见，向社会提点警告，宽容骑士就要出来说教了：不要太偏激呀，要尊重不同群族的精神文化的追求呀，其公允宽大之态可掬，而且动辄还以莫非还想回到"文革"时期的文化沙漠相恐吓；似乎要多样化就得让人吞咽一切污泥浊水，容忍一切乌七八糟的垃圾，连人们皱了眉吭个气的权利也应被剥夺。骑士们是提倡宽容的，怎么对别人的不合他们心意的言谈就没有宽容的雅量呢？

文化特别是大众文化，确实要受市场规律的摆布，除非恶劣到"黄"、"非"的范围，再肉麻的慢性毒药似的东西也只能任其存在。但这不等于必须提倡鼓吹，不等于放弃选择和舆论导向，听任荧屏上乳臭未干的男孩女孩跳唱着"恩恩爱爱，荡悠悠"之类的乌七八糟的肉麻小调而一声不吭；否则就是偏激，就是文化清教徒，就是红卫兵心态。这样不辨好恶一律接纳的宽容，确实是要修炼到一定的道行的人才能办到，但却令人想起鲁迅的一段话："所以你无论遇见谁，应该赶紧打拱作揖，让坐献茶，连称'久仰久仰'才是。这自然也许未必全无好处，但做文人做到这地步，不是很有些近乎婊子了么？"（《且介亭杂文二集·再论"文人相轻"》）

又如，有一种脏话连篇、要嘴皮子调侃人生、将严肃的问题化为一笑的所谓"玩个梦"的文学，有人要写，有人要印，有人要读，也只好由它，舞台上有个把小丑，算不得什么，也算是多样化吧。可是有人对这类无聊的嬉皮笑脸表示不满，也该算是多样化的声音之一种吧？宽容骑士却又出来干预了，说这种人生调侃有重大贡献，它摧毁了往昔虚假的神圣、崇高、英雄观念，云云；却丝毫不提它在摧毁虚假的同时，把人生应有的庄严、神圣、崇高也连根摧毁了，它所呼唤的是一种否定一切的着地打滚的人生。

总而言之，骑士们所提倡的是一种泯灭是非、无爱无憎的宽容。那么，社会文化、社会道德等等的是非利弊靠什么来解决呢？骑士们的回答是，人是无能为力的，正确的途径是大家躺着，静候社会的自我调节来解决。谜底就是市场规律"万能论"。

十九世纪和二十世纪之交有一派社会主义认为，资本主义的市场规律能使资本主义自动成长为社会主义。排除了人在历史创造中的能动作用，是一种扩大了的商品拜物教。这种将一切都托付给市场经济来自我调节的高论，是否也和商品拜物教的教旨极其相像呢？

1996 年 3 月

【选自何满子著《如果我是我》时代文艺出版社 2000 年版】

这就叫历史的考验

一位治现代文学史的青年教师来信，抱怨近年编印的名家文集辑录不当，往往把现代文学史上至关重要的名篇漏编入书。他说，这些名家的名文当然也能在图书馆里从旧报刊觅到，但搞他这一行的人是要经常翻检的，特地花钱买了有关的文集，无关紧要的文章倒不漏，偏偏将最有用的文章删落，可用性就大打折扣，对他说来简直是白费钱了。他又说，发表在其他报刊上的名人名文或有印误，或未经作者本人审定，收在文集里的应该是最可靠的定本，可供核对，偏偏文集里却不收，令人扼腕。

信中举最近新买的《周扬文集》为例，说里面竟不收 1954 年发表的《我们必须战斗》和 1957 年发表、1958 年修改整理刊出的《文艺战线上的一场大辩论》这样至关重要的名篇。这些既是作者辛苦经营的力作，又对现代文学运动产生过极其重大的影响，简直可说是决定过当时和以后的文学命运的文献，怎么可以不收呢？云云。

　　我知道这类似乎令人困惑的问题无须回答，这位来信的青年教师也肯定心里有数。因此，就此问题，我只简单地回了一句话："这就叫做历史的考验。"

　　中国历来的文人大都"悔其少作"，这事三国时代的杨修就在《答临淄侯笺》中以他敬仰的先贤扬雄为例向曹植点明了。那因为，少年时所作的文字稚拙，不成熟，连自己重读时都难为情。正如鲁迅所说，好像老成的少年，看到婴儿时出屁股、衔手指的照相一样，自觉有损于现在的尊严。所以在晚年编定文集时，就要将少作删除，显得自己的通体漂亮。其实，这种为自己的少作护短的办法也不可取，诚如鲁迅在《集外集·序言》中所说，少作"自有其婴年的天真，决非少年以至老年所能有。"倘作者是名人，则更宜将前后作品一律公之于世，使当时和后世朗读者能窥见其人其文的发展脉络，知其全人。少作的稚拙平劣也不会掩盖其毕生的成就，何足伤哉！

　　因此，鲁迅从不为少作护短，任凭杨霁云搜集了编入《集外集》。他的只字片纸，无不可公之于世。事无不可对人言，让历史去评价，这叫做经得起考验。

　　可是当今名人的删去旧文，不编入全集或代表性的文集，却并非由于悔其不成熟或文笔荒疏。

第一，揅没不使人见的都不是早年不成熟的所谓
"少作"，大抵是已经成名以后的盛年之作；第二，
揅没的作品倒不是草率急就而是认认真真殚精竭
虑写下的；第三，这些作品当时都是产生过大小
影响，有些甚至是引起轰动的。其所以揅没不使
人见，不是为了不成熟不好意思，而是为了没脸
见人，所以在暮年手定文集时只好掩耳盗铃地删
落，以维持其一贯正确的形象。不是亲自编定的
则受委托编集者不是亲信，也是旧部，都能深体
名人的心愿，懂得爱惜名人的羽毛，没脸见人的
文字遂一律删落。

　　凡涉及论争，与人驳难攻辩的文字，历来有
一种学术道德，即不能随心所欲地隐瞒、修改前
已公开过的见解和论旨。一言既出，驷马难追。
倘有错误，有种的敢于承认，或作出补充修正，
这才算君子坦荡荡；这样光明磊落的行为也能博
得世人的钦佩。佞人和屠头为了盗名欺世，才只
好遮遮掩俺，如驼鸟之埋头入沙将以往攻讦驳难
的文字或篡改删削了才敢问世，或则干脆自己没
收，好像从来没写过似的。

　　看看鲁迅，他在编杂文集时，便将攻讦讥骂
他的论客文章分别编附，他还希望编一本《围剿
集》，将对手的所有文字收入。他自己所写的全部
作品，包括用各种笔名的文字，以及日记、书简，

乃至一段小启事，一则小广告，无不能公之世，无所愧怍。相形之下，当今有的人有胆量将他们的文章全部收入文集里去么？至于建国后历次批判运动中慷慨激昂的声讨诬陷文字，就更没脸拿出来编入文集了。滔滔天下，敢于将自己写过的全部文字公之于世，任人评价议论者有几？

这就叫做经不经得起历史的考验！

1996 年 12 月

【选自何满子著《读鲁迅书》上海古籍出版社 2002 年版】

思维定势

提倡农民读书看报，使家家户户"弦歌之声不绝于耳"，自然是好事，但用赶鸭子上架的方法是行不通的。据《人民日报·华东版》署名文章揭露的某村的办法，却正是赶鸭子上架法。文章称："某村为加强精神文明建设，要求每个农民家庭都要有一个书架，购一百册书，订两份报纸。"

观察家曰：文章所评均是，但深究之，这种做法实是中国办事的思维定势。一是显得全村整齐划一，不能不一刀切，如"文革"时期不管是文盲的老翁老妪家，家家都必须备一册"红宝书"是也。二是花架子不能不搭，搞点形式是必需的，如上面来检查卫生了，事先就要大扫除，各处设置标准垃圾箱；上面来检查财务了，要赶快准备合格表报，把不宜示人的账目收藏好，等等；精神文明建设也是要检查的项目之一，自应未雨绸缪一番。三是向来行事，都须有简便易记的口号，以便宣传落实，前面带有数字更妙，一个目标、两项任务、三种措施之类，可简称"一二三方针"，人人易记；这回某村的一个书架、百本图书、两份报纸，可称"一百二"，规定顺口易记，极合规范。眼见提高农民文化，端在此举。

1997 年

【选自何满子著《见闻偶拾》百花文艺出版社 1999 年版】

上帝服输

外电报道：不久前罗马教皇约翰·保罗二世在一封致教皇科学院的正式函件中明确表示，达尔文的生物进化论和天主教有关上帝创造人类的教义完全可以相容。这位上帝在地上的代理人教皇陛下说："进化论已经渗透到现代科学的各个不同领域，它不再和教会的教义相对立。"这就是说，上帝服输了，由上帝的代理人作代表举手投降。

1992年11月，同一位约翰·保罗二世教皇曾为十七世纪被宗教裁判所处刑的伽利略平反。但"太阳中心说"并不在直观经验的范围内关涉人事，而且《圣经》里也没有明文规定地球（也根本没有大地是球形的概念）不准绕太阳转的上帝的旨意，给伽利略平反。似乎对宗教的权威尚无毁灭性的损害。这回向达尔文的进化论投降，却是刨了天主教的老根。《旧约》的首篇《创世纪》就黑字白纸地写下人是上帝创造的，现在公开承认人是猴子变的"谬论"，则上帝的颜面何存？几千年辛苦修筑起来的宗教教义大厦岂非就"哗啦啦"地连根垮掉了？

上帝，当然是一贯正确，绝对正确，永远正确的。但这个一贯、绝对而且永远的正确，要以人的愚昧为前提。人的智能开发了，梵蒂冈才不得不一次又一次地放弃站不住脚的神学立场，向铁的事实投降。这次教皇陛下碍于常识不得不向达尔文投降时，哲学家图里奥·格雷戈里表示赞许之余，只得遗憾地喟叹道："教会又一次来得太迟了！"

但迟认错毕竟比死不认错要好，当然迟认错不如早认错。放眼世界，由远及近，要维持一贯正确、绝对正确、永远正确的迷信现象可真有的是。神造出来以后，神自己当然要摆出一贯正确的威严，造神者和靠神吃饭的教宗教徒们也一定要死乞白赖地维持神的光耀。在事实面前无可抵赖辩饰时，也一定羞羞答答，遮遮掩掩，只肯来点小小的让步，承认那么一点错误，或把神的罪过诿之于神的手下人；或则宜粗不宜细，即不往深处细究。总之，神是动不得的，把神的真相彻底曝光，造神者靠什么吃饭？

可是民智日开，迷信虚假的玩意终究格站不住脚，可愚弄的人群愈来愈少，上帝不得不一次又一次地服输。虽然，为了维护神一贯正确的光辉形象，不免一次又一次地来得太迟，但鉴古瞩今，前景终究是有希望的。

1997 年 1 月

【选自何满子著《鸠栖集》华东师范大学出版社 1998 年版】

今年重读鲁迅有感

少年时读过一篇梁启超的文章，记不准其题目是否叫《少年中国》了，只记得文中用了一些排句将少年和老年作了些直譬式的对比，少年如朝阳老年如夕照之类。确实记牢的是有一句说"少年如白兰地"，老年如什么作对比的下句却忘记了，大概是冷的、静的、不使人兴奋的什么东西吧。白兰地之所以牢记不忘，想来是由于当时自己是少年，只关心自己这个年龄段；也许还由于我从年轻起就爱喝那么一记，记忆中容易挂钩之故。

在人们所说的"花季"那种年龄段的人，是不大会想更无从体会年轻人和老人性行的区别的。也许是我这人的性子特别浮躁卞急，小时候看到父师一辈人处事对人的沉吟踌躇，温敦敦慢吞吞之状，常常代他们着急，很憋气。后来阅人更事渐多，才发现这是多数老人的通病，说好听点是老成持重，说难听点也可以其情节之不同，分别称之为东坡诗的"老蚕作茧"或常言道的

"老奸巨猾"，反正我总是自己提醒自己，到了老年千万别这样。

人上了年纪，阅历的增长使之愈来愈晓事，看得破人际的机关奥妙，世态的虚实情伪，冲动之类的情绪浪费得以大大樽节，得失也不很计较，这原是好事。可也有因为修养到了家，心平气和得近于虚寂，锋芒全销，真如常言所谓的炉火纯青，与物无竞了。管它洪水滔天，自己清净要紧。如此的圆通广大，端淑祥和，和光同尘，修炼工夫诚然令人羡慕、佩服，但是不是会令人仿佛觉得这也意味着生命力的枯竭呢？

上了年纪而生命力愈加旺盛的，被称为"老当益壮"。所谓"壮"，不是真的精力能胜过盛年，而是执着更坚，人生的目标更明确，身心的能量也不会像年轻时那样毫无计算地浪费，达到俗语所谓的"姜是老的辣"的境界。比如作文，中年以前往往耗力于词藻和无谓的花花绿绿，中年以后就渐知"洗尽铅华"、"摒除丝竹"的道理，到老年便能臻于"返朴归真"的佳境。而其骨格依然，斗志不减，锋芒犹昔，或且逾旧。这才是其人之朴、之真。失去了这些生命中最可珍的内容，不客气说那就真成老朽了。

此所以鲁迅对章太炎——他的老师晚年自订全集的不满。《关于太炎先生二三事》末段道：

……先生亦渐为昭示后世计，自藏其锋芒。浙江所刻的《章氏丛书》，是出于手定的，大约以为驳难攻诘，至于忿詈，有违古之儒风，足以贻讥多士的罢，先前的见于期刊的斗争的文章，竟多校刊落……战斗的文章，乃是先生一生中最大、最大的业绩，假使未备，我以为是应该一一辑录、校印，使先生和后生相印，活在战斗者的心中的……

此文对章太炎晚年的"身衣学术的华衮，粹然成为儒宗"的斗志渐弭，言外已有憾词，晚年编文集竟连往昔直面人生的抗争之作也一律刊落，那就不是返朴归真，而是剜去其生命的华彩部分，失去生命之真了。

章太炎晚年的删弃旧文，当然不是像当今的许多名流那样，将当年见不得人的那些"战斗的文章"偷偷捏没，以维持本人的一贯正确。章氏并无如此恶劣的用心，但用意虽不同，其目的都是要保护自己的令誉，一出于维护自己的合于"儒风"，一出于掩藏劣迹和丑态。均出于自私。章氏可叹，今日的许多名流则可鄙。

读鲁迅晚年的杂文（他从不"悔少作"，也绝不隐瞒往昔的作品，只字片纸，出于他的手者均可公诸世人，这点可置不论。事实上，当代像他这样敢于出示毕生一切作品的人似乎也不多），真是老而弥坚，老而弥锐，至死贯彻着"我以我血荐轩辕"的初志。中华民族千千万万的烦闷和骚乱都反映在他的烦闷和骚乱中，千千万万的痛苦和困惑都可从他的痛苦和困惑中体味，民族的命运都包容在他的笔下。这因为，他没有一点自私，真是后生的模楷，先哲的风范，令人仰止景行，不能自已。

1997 年 4 月

【选自何满子著《读鲁迅书》上海古籍出版社 2002 年版】

于无文章处做文章

　　歌德有句名言：诗人之所以为诗人，在于能从平凡中发现诗。

　　胡风也有句被批臭了的名言：哪里有生活，那里就有诗。本来，这话并不特别有名，它的成为遐迩皆知的"名言"，是在翻来覆去的批臭过程中才为人熟知因而成了"名言"的。当然，现在不再有人批了，因为想批臭这句话的那套理论已经臭掉。

　　与这两句名言相表里，可以归为同一枢轴或相反相成的，还有鲁迅的一句诗：于无声处听惊雷。无声之处哪会有惊雷？这不是和"心造的幻影"可以配对的幻听么？然而正如从平凡中能发现诗一样，无声中是能听出惊雷的。但那必须是能从平凡中发现诗的诗人的耳朵，更确切地说是诗人的心。鲁迅这句诗的上句说得很明白：心事浩茫连广宇。倘没有情系浩茫广宇的博大的心，不但远处、无声处无所察知，近处也只是花花绿绿的混沌一片，等而下之则只能看到光灿灿的钱眼儿，乃至鲁迅所说的"眼睛不离脐下三寸"了。

幻听幻视当然也是有的，还曾风靡一时。那是故布幻阵，可说是擅于心造幻影的别一型"诗人"，于哀鸿遍野处听出"莺歌燕舞"，于绝路上看出"金光大道"，等等。比从平凡处发现诗的诗人想象更丰富，更所谓"浪漫主义"。有诗人写过《画梦录》，画的只是个人的悲欢和有限的周边生活的梦，还能吊吊满脑子罗曼蒂克的少男少女的胃口；那些曾将浩茫广宇的噩梦画得花团锦簇甜甜蜜蜜的，到头来倒只能成为鲁迅所说的"死的说教者"了。

世纪交界的今天，不必心连广宇，只须注目侧耳，处处有轰响，不必从平凡中去觅诗，有生活处均有诗。倒是触处皆是的令人激动的、令人惊愕的、令人憎恶的事件太多太多了，多得本来是诗的也变得平凡。正如树林里有一朵两朵蘑菇，是醒目的，令人立即产生采撷的冲动；倘满地都是蘑菇，便不再珍奇，归于平凡。亦如乍遇一两个额上长角的妖魔，令人心惊魂骇，恐怖欲绝；倘进入森罗殿，到处都是牛头马面恶鬼夜叉时，就会见怪不怪，或者已被吓得麻木，不再有惊恐的反应了。这叫做"化险为夷"，不平凡反成了平凡。于是平凡——不平凡——平凡，否定之否定的结果，又需要有从"平凡"（太多太多的不平凡）中发现诗的诗人才能感受、辨认诗意。这可能要比从正常的平凡中发现诗更难。

记得法国评论家圣·佩孚在某处发过和如下的话类似的感慨：想议论的事情太多，反而不知议论什么好。也是叹息不平凡的现象多得化为平凡时的苦恼。圣·佩孚说他对付这种情况的办法是，从没有题目的地方找题目——出处和原来的文字记不得了，这里只记得其大意如此。

此意倒与鲁迅"于无声处听惊雷"的诗意有某种契合之处，可折兑成"于无文处做文章"。然而，这是更折磨人、为难人的局面。

1997 年 4 月

【选自何满子著《鸠栖集》华东师范大学出版社1998 年版】

平凡很不平凡

一个人要承认自己平凡是挺不容易挺不容易的，除非他是一个很不平凡的人，除非他能看透那些被世人奉为英雄、伟人、大人物的人其实都很平凡。

安于平凡要比承认平凡更难，打个比方，难三倍。考验实在太多，无时不有，无处不有，似乎是受撒旦的派遣，作为奸细永远在窥伺着你，诱你落入陷阱的。如果金钱、权位这些太赤裸的诱惑打动不了你，还能用日常琐屑的试探引你上钩入彀中，用你以为无关宏旨的种种东西破坏你的安于平凡，以平凡攻陷平凡。人也真奇怪，诺贝尔奖金可以无动于衷，而小小的无关紧要的虚荣却会使你古井生波，熬不住要自我表现一下。这是千真万确的事，不用举例，人人都能体会。还有好胜，不说大的，就连小到排名次上，为什么他要排在你的前面你都会感到不服气。可不，你就不安于平凡了。

跟斗常常栽在小事情上。

古代故事：帝尧要许由接他的班，许由嫌那话污了他的耳朵，赶紧在川水里去洗耳朵。下游有个牧牛的，问清了他洗耳朵的原由，赶快牵走饮牛，埋怨道："你倒好，让我的牛饮你洗脏耳朵的污水！"

许由的表演，不是夸示他自己的安于平凡的不平凡么？质言之，不是自诩平凡而恰好不能安于平凡么？比起来，不愿让牛饮二道污水的牧牛人不是更不安于平凡因而更平凡么？

当然，这是一个"子非鱼安知鱼之乐"式的可以无穷地展开的诡辩的故事。但故作平凡状以夸示不平凡的人和事是常见的，恐怕不比拍胸自称"老子天下第一"，以为"小小寰球"容不下他那样大的人物的公开自大狂为少。但故作平凡的人至少还知道平凡是最高美德，只是在安于平凡上还欠点克己功夫而已。

故曰安于平凡难于承认平凡，那真须真正不平凡的人才办得到。

自居平凡和安于平凡，是人与人平等的确认。不愿他人凌驾于自己的人就应自己也不凌驾于他人。这是人与人平等的本源含义，尊重他人是最高的自尊。

再没有把平凡解释为庸庸碌碌无所作为更大的错误了。庸碌而无所作为的人也不乏自命不凡之辈，通常倒是夜郎国君最自大。阅历丰厚，见多识广，同能人打交道打得多的人倒反而能以平凡面貌应世。但这类人即使承认平凡，大半也是一种谦抑乃至自卫。谦抑诚然也是美德，但内心未必能自居平凡，更难安于平凡。有些人施惠于人便面有德色，巴望人以恩主待之；有些人凭能耐和机遇做了点于世有益的事便居功矜伐，自以为超越常人，要常人以非常人待之。于是自然就不能以平等待人，不平等待人也即不尊重人，从而也即不自尊。此之谓道德不高，或曰缺德。社会秩序如礼法、风习之类是助长这种缺德的，故而要安于平凡还必须抗御社会习俗所带来的无穷干扰，抵御无所不在的诱惑，真是难极了。所以，只有极不平凡的人才能守得住平凡。

或曰，这不是要人"太上忘情"么？有点像，但不是。太上忘情驱人出世，忘怀一切，无所执着。平凡则不但要入世，而且要拥抱人生，在人与人平等交往中安于平凡。之所以说有点像"忘情"，是在于守得住平凡的人的确忘掉了外加于自己的无谓的荣辱得丧之情。但不能定得更远，把人生也忘掉。

淡忘了荣辱得丧，不是与世无争、近于和光同尘了么？有点像，但也不是。道理仍然是安于平凡仍须执省人生，不是泯是非，昧善恶，一切

115

消极规避。所不争的只是无谓的荣辱得丧，即宠辱不惊。当仁不让，但绝不会"抢镜头"；反之，也不会故作平凡而益显其不平凡，即倚平凡卖平凡，有如倚老卖老。这一切的根底是什么？是朴素，朴素而不矫作就是平凡。"素富贵行乎富贵，素贫贱行乎贫贱"，庶几就是种境界。通俗点说，就是按本色办事。

世界是花花世界，人又有七情六欲，抱朴守素难，自承和自守平凡更难。唯其很难，所以可贵，所以能在众多发光的东西之间保持恒久不磨。

1997 年 5 月 3 日

【选自何满子著《鸠栖集》华东师范大学出版社1998 年版】

悲观主义者的音乐预言

1988 年：著名指挥家李德伦向北京市长呼吁，要求救救交响乐。说交响乐、歌剧、芭蕾舞剧等处于极端不利的条件下无法和通俗歌曲的演出竞争，以致声乐家"走穴"去唱流行歌曲，器乐家乃至首席演奏者被迫去当"洋琴鬼"了。

1990 年：音乐学院应考生大减，声乐系被迫改为通俗唱法系，器乐系改为电子琴系，同时增设霹雳滚摆舞打击乐速成班。同年，交响乐团、歌剧团、芭蕾舞团全面滑波，处于半解体状态。昆剧、京剧卖座率大降，某剧团首场演出一传统名剧仅发售门票七张，开幕前尚有一人退票。

1993 年：据某地一小学的班主任统计，小学生志愿做流行歌星者达 75.2%，课外竞学霹雳舞、爬跳滚摆成风，扭伤筋骨及骨折者日有所闻。适合于小歌星表演的童装狂销。同年，交响乐团、歌剧团、芭蕾舞剧团被迫解散。京昆剧团不振之风延及汉剧川剧梆子秦腔等，地方剧种均将断气，唯越剧颇识时务，引入电子琴、通俗歌唱法及滚摆舞动作，得苟延残喘。

1995 年：音乐学院为适应社会潮流，改为流行歌曲学院，招生简章如下：一、年龄自十岁至二十岁。二、女生须体形苗条，容貌艳丽，善浓装，能作态，有发展前途者，优先考虑录取；男生仿照运动员体质标准，嗓音沙哑及弹跳能力极强者优先录取。三、以新式智能电脑设备探测，考生脸皮须具有一定厚度。四、理论作曲系暂停招生。五、霹雳滚摆打击乐系(由原速成班扩设)可招收文盲学生……

同年，国际通俗唱法表演竞赛大会在中国举行，特等奖、头等奖获得者均为中国歌星，报纸发表社论庆祝中国音乐水平已居世界第一流。

2001 年：据某报公布的一项智力测验统计表明，参加测验的试卷中能知道巴赫、莫扎特、贝多芬、舒伯特、柏辽兹、肖邦等为何人者仅占总数 0.3% 弱。

由于研究和声学、旋律学、曲式学等理论的人员过少，艺术研究院不得不将少许此类人员划归考古研究所。同时，音乐史教材不得不从爵士乐写起，仅在绪言中用两行文字提了一下管弦乐、钢琴及交响乐、协奏曲等品类，称之曰"蒙昧时期的音乐"。

2011 年：由于科学技术空前发达，光电设备普及，小学音乐课（已改称流行歌曲课），教室内均电光闪闪，雷声隆隆；中学生上同类课程时，进教室前男生必须换上芭蕾王子式的小生装，女生必须换上小旦装。

同年，除电影院外，所有剧场、舞台一律为流行歌所占领，广播电视相机跟进，酒吧歌曲统一天下。

作者按：至此体现了未来中国音乐文化水平的全面高涨。

1988年8月根据《未来学》学术讲座速记，未经未来学家审定，错误由记录人负责。

【选自《杂文三百篇》文汇出版社1998年版】

也发点"亲小人"
的历史感慨

　　本文是读了黄一龙、邵燕祥两位就"贤臣"、
"小人"——"吃饭"、"吃屎"的选择上的迷失的
感慨后兴起的一点想法。权力人物之亲小人，不
全是由于政治上的得到后者的阿顺或济恶，或由
于相互匿非而赢得钱包鼓起来之故。比如，武则
天的眷爱张昌宗兄弟，可能政治、经济上都没有
收益，只是谋取点性快乐。俄国叶卡捷琳那女皇
溺爱好多宠臣大抵也是如此。人不纯然是政治动
物或经济动物，口腹之欲，声色犬马，清雅一点
还有琴棋书画，打球玩牌，都能使小人取得青睐
恩幸。易牙、竖刁、韩嫣、董贤乃至有一技之长
者都能进身取宠。这类事古今中外例子多多，丑
闻多多。有些主人原来以倡优蓄之的，也即明知
其为小人者，在不经意间蠹国害政，并非权力者
的错认小人为贤臣，因而误信误任之故。

　　历朝历代还有先帝陛下遗留下来的旧臣，新
君即位后要"三年无改于父母之道"，虽然明知是

小人，明知是颟顸无能的货色，也通常要按资历叙位，权力者自己有时也不由自主的。再说，太太或宠姬身边的小人，权力者爱屋及乌，也不能拒之门外。又再说，权力集团是一张网，有些小人是和来头大的人士有关的，碍于颜面也得安插至委以重任；岂不闻来自贵人家里的狗也得抚摩夸赞一番卖个面子么？此外还有历史恩怨，先前不得意的时候某人给了好处的，与人倾轧时某人帮过一把的，权力者为了投桃报李，也就不管小人不小人，要近而亲之了。更何况，凡小人都亲附有术，你不亲他他会亲你，有的是包围战术。要而言之，现实是网状的，非线性思维所能解说清楚。哪怕权力者头脑清醒，明贤臣小人之辨，在形格势禁之下，也只能亲小人，或曰"吃屎"。

最关键之点是，痛恨亲小人，要求近贤臣，仍然还是人治制度下的祈求明君清官的习惯意识作祟，属于"精神奴役的创伤"。倘若有健全的权力制衡机制，不是权力者一个人说了算，那就让他专拣小人去亲，抱得一团，也与大事无碍；小人即使想兴妖作怪，也无所施其技。回想中国现代的小人乱政，当无过于"文革"，难道江青、林彪之流有什么了不得的能耐么？如果是法治社会，那时刘少奇是国家元首，一纸命令就可把丑类收拾掉，几个小人何足道哉！

可悲的是，时至今日，人们还不得不来论亲贤臣远小人之道，不胜其疾忿。而且不是悼古慨今，恰好相反，正是悼今慨古，驱不散的历史的阴魂把人拉回往昔去，向现实作出历史的长叹。历史的错位驱使人不得不现实错位。鲁迅说过中国社会至今尚有《三国》气的话，以至《出师表》和刘阿斗的故事还能作为现实话题，这真是历史的恶作剧。

【原载 1998 年 6 月 10 日《杂文报》】

鲁迅拒绝造神

——为 1998 年鲁迅忌辰而作

英国人每年要读莎士比亚，中国人每年要读鲁迅。这话是诗人绿原说的，我喜欢而且信服这句话。鲁迅如果不是中国历史上的第一人，至少是近现代历史上无与伦比的第一人。别的伟人建立功业要靠大批别人的参与，鲁迅则如罗曼·罗兰所说，是"以心而伟大的英雄"，他的功业是独立完成的。别的伟人建立功业后要取得百千倍的报偿，鲁迅则一芥不取。别的伟人的事功常带来负面作用乃至极糟糕的后果，鲁迅的事功则是喂养民族的精神母乳，有百益而绝无一害。

曾经有人嚷嚷，说什么"神化"鲁迅，迄今未息。六七十年代确曾有人把鲁迅给真正的造神运动陪绑，但鲁迅是造不成神的，他的文集俱在，他一生的事迹俱在，一切企图将鲁迅造神的人都必以失败告终。造神意味着将一切某人所没有的美德强加于他而使之完美无缺，成为凡人高不可攀的神圣。这对几于几万年前的人造一造还可以使之神化，比如耶稣，即使有那么一个圣子（许多学者至今还怀疑其存在），鬼知道他在世上干过一些什么？造他为神必须调动大量的迷信手段，给他制造出光轮。而近在我们眼面前的人，他的言行人所共知共见，要造神光靠制造迷信也还不行，还要像某些强人那样用剑，逼着人们非尊他为神不可。鲁迅没有剑，既没有掌握生杀予夺实力，尊崇鲁迅的人也没有剑，没有造神的本钱。将鲁迅造成神是办不到的。

在六七十年代将鲁迅给造神运动陪绑也没有成功，或终究没有成功。关键在于，要鲁迅去陪的那尊神也站立不住，在迷信和剑的支持下过不了多少年也露出了破绽。那破除迷信的法宝就是"实践是检验真理的标准"或"唯一标推"。这里头有两层意思，一是讲的做的那套要以社会实践效果来检验；二是公开讲的那套要以他的人生实践的真相来检验。神在这两层意思的检验中都不及格，神威就此完蛋。顶多只剩下个泥塑木雕的形象混着，赢得愚夫愚妇们的香烛。

鲁迅在这两层意义的检验中都合格，而且应打最高分。唯其是经得起实践检验的人才是伟人而不是神，也拒绝人神化他——只要造出来的神都是经不起检验的。这是颠扑不破的真理。此所以造的神终究要露馅，而拉鲁迅给造的神陪绑也终于徒劳。

鲁迅拒绝造神，连旁人称他为"青年导师"都厌闻、反感，并写文力拒。而别人却欣然接受"导师"之称；什么名目都可以佯装谦虚，统统辞掉，唯"导师"之称，就不装谦虚，坦然承受。至于导出个什么结果来，他可以不管，而且自我感觉良好，反正大众的死活不在他心上。从对导师之称的拒绝和接受这点小事上，也可以显出某些人乐意被造为神而鲁迅是鄙弃别人打他的主意的。

因为鲁迅拒绝造神，永远是和大众一样的人，因此人们敬他，爱他，经常谈他；把他视为自己中的一员，不过，他是伟大的无可比拟的难以企及的一员。

【原载 1998 年 10 月 14 日《中国改革报》】

"做戏的虚无党"

有道是"一打政纲不如一步行动"。当然是重要的，但如只停留在宣言上，顶多只和幌子同价。连江湖卖艺人的口头禅也说："光讲不练假把戏。"光是赤膊拍胸哇啦一阵，是狗皮膏药也卖不出去的。临政治民则更有名言："为政不在多言，顾力行如何耳。"至于"听其言而观其行"之类的话头，就更是人人耳熟能详的古训了。

毕竟要耍嘴皮、做做姿态，要比身体力行容易得多，说说大道理，唱点高调无须太高的智商，而且官员们倘若自己说不圆泛，讲不漂亮，还有秘书代劳拟讲稿，照本宣科就行。拟讲稿的秘书也不必有多大的能耐，上面发下来的文件，报刊上的评论，抄抄编编就是现成的文章，保证既不会出错，又文情并茂，听众悦服。即使照念起来疙疙瘩瘩，文气不贯，那也无关宏旨，明白人都知道那是表演，有如和尚在诵念经文，有口无心的。

于是出现了这样的闹剧，一个官员刚在电视

荧屏上亮过相，义正辞严地呼斥要严格扫黄打非，转瞬之间就到什么包房里惹黄为非去了。这是经传媒公开曝光出来的，而且还是小焉者。至于像陈希同这样的大员，洞府深邃，云遮雾断，挖出真相来之前，多年来也岂不是好话说尽，戏演得十分逼真么？

鲁迅曾反复慨乎言之地痛陈"国民性"中的最可怕的痼疾："做戏的虚无党。"这种痼疾患者的病情自然有等差，那种作正人君子的扮相，唱冠冕堂皇的台词而尽干丑陋不堪的坏事的言清行浊之徒毕竟是少数，二十年前的那个时代里也许能"一贯正确"地蒙混过去，如今大概迟早会露馅的了。最大量最常见的"做戏的虚无党"，是看来并无劣迹（究竟如何只有天晓得），看上去忙忙碌碌，装得跟真的一样在干事的人，其实他是在做戏。动口，或许要若干地动点脑，但却从不动心。一事当前，先就摆出架势，做出姿态，唱做俱佳，完全进入角色舞台效果是没得说的。戏当然演得很动人，其实他们也不必"动己"，只要"动人"而已。义正辞严的说唱与演员自己并不相干，那不过是指导别人要如何如何做。打个比方，在演出中大唱要如何如何节约，字正腔圆，婉转动听；至于演员自己么尚从未考虑此事，以后也恐怕不会费心去考虑。演员嘛，卸下装走下舞台，就是另外一个人了。

可惜的是，既然是演戏，总不免有破绽。且不说"听其言而观其行"，追究一下卸装下台后的举止动静，就连在台上唱的那套，也是随处随时都可用的无须思考的陈腔滥调，只要随着戏码剧情，稍稍改一下八股词就能通用。什么"跨上一个新台阶"呀，"交出一份好答卷"呀，诸如此类可医百病的万金油拈来就是。可以保险的是，台下虽然对这些唱词早已耳朵起茧了，但仍会报以掌声，戏可以一出出地演下去。

世界上的事情复杂，戏有时是必须要演演的。正如策略、权术之类之少不了一样，否则，圈儿就画不圆，这是人人心照的。但演的时候心里要清楚，演一演是不得已而为之，绝不可成天演戏，把人浑身泡在戏里。那就是"做戏的虚无党"，无事非演戏了。这样的党徒充斥，天下事哪还堪闻问？什么时候"做戏的虚无党"混不下去，失去市场，中国庶几能跨上的就不止一个"新台阶"了。

【原载 1998 年 10 月 18 日《南方日报》】

两只苍蝇

1999 年 7 月 10 日中央电视一台《焦点访谈》报道，四川省都江堰市市委书记黄某，在已拥有充裕住宅的情况下，倚仗权力动用公款，为自己修筑了一所豪华别墅，室内装潢高档，花园里采择各种奇花异木，一共耗费公款六位数，在"书记带头"之下，该市市长不甘落后，也为自己择地修筑别墅，经费用各种名义摊派，还有"赞助"之类，也耗费六位数云。

这类以权谋私，以公款肥己的事情已不稀奇，传媒三天两头都在曝光，当然还仅只是不巧或恰巧被查明的事件，真叫冰山一角，人们似久已听厌，连当做话题也嫌不新鲜了。这里还值得一提的是，报道说，这两位该市的头头将给予党纪处分云。怎么个处分法语焉不详，或因电视上匆促晃过，没有听清，反正有一点是肯定的，报道中并没有诉诸法律、提起公诉的话。那就是说，这两个枉法自肥的头头就给予党内纪律处分了事（电视访问对象仍称这两个头头曰"同志"）。民间的说法，是"阴消"了。

或曰：哪怕提起公诉、依法判处又怎么样？比起陈希同、王宝森辈的大案，这两个书记和市长还只能算是两只苍蝇。人家的罪案里有花了七位数的公款为自己造豪华别墅在里面找乐子那么一条，所得处分也不过如此，罪名也只叫做"玩忽职守"（有人说，这四个字里只有一个"玩"字说对了）。大巫如此，小巫何足道哉！

如今流行"豆腐渣工程"这个名词，老百姓希望"以法治国"千万不要一再出"豆腐渣工程"，则幸甚幸甚！

【原载 1999 年 8 月 20 日《南方周末》】

打油三章

开八秩自寿两律（并柬）

坎坷一生，常忧非命；浑噩经年，竟开八秩。患难备尝，战乱亲更；能登中寿，亦堪自庆。才视袜线犹短，身较鸿毛益轻。劳体拂心，似天之将降大任；芜年荒月，胡帝之不佑斯文。昔尝自标独行无侣，不期归为小集团；今仍心许和而不同，甘作文场槛外人。七十之年，曾叹"臣之壮也窝囊极"；今更耄矣，愈憾"浪掷韶华不复回"。聊占两律自寿，窃盼好事赐和。权当人生例行公事，未能免俗云尔。情辞并劣，大雅勿哂。拙句抛砖，不吝还玉，无任感祷!

垂暮光阴更骤催，浑浑噩噩八旬开。廉颇老矣犹乘马，陶潜归欤独举杯。秃笔何以排愤懑，长歌不足振尫羸。一生颠沛非由己，浪掷韶华不复回。悬弧恰属绵羊岁，分合为时作牺牲。无得自然不患失，置之死地后逢生。播迁一世老方定，恩怨多端今乃明。仍有知心如许个，人间谁道乏真情。

七律·咏弘一法师

　　友人东方芥子撰成传记《弘一》，行将问世。函嘱题诗一首于卷前以结缘。用赋一律，时丁丑秋莫。

　　情智才华并绝伦，艺文西化创先声。

　　可怜故国茫茫夜，难耐新星孑孑身。

　　勘破尘缘仗慧剑，契求净土归空灵。

　　此间应有无穷恨，俗议纷纷未必真。

送绿原赴马其顿受奖

　　新华社电：马其顿斯特鲁加诗歌节纪委会隆重集会，由总统格利戈罗夫、总理茨尔夫科夫斯基、外交部、科学部、文化部高级官员及中国驻该国大使参加，宣布1998年最高奖"金环奖"授予中国诗人绿原。现悉绿原将于夏末赴马其顿受奖，特赋一律预送行旌。额联反用莎翁爱情剧《仲夏夜之梦》及雪莱诗"春天还会远么"句意。末联因小女喜集外国邮票，且须连信封收藏，前曾函嘱绿原在马其顿寄一信来，兹重申其意云。

相逢把酒每怃然，忆昔沉沦二十年。
好梦不来中夏夜，长歌难送季冬天。
奇诗忽震马其顿，重译早传美利坚。
雁足莫忘系寸札，女儿待入集邮笺。

【选自何满子著《谈虎色不变》武汉出版社
2000年版】

门——没门

西方的舆论操作喜欢巧立名目，有时因缘生发，又颇机智有趣。比如，出了尼克松总统的"水门事件"以后，记者们就逮住了"门"字，把政要们的丑闻一律殿以"门"字。里根总统有"伊朗门"，克林顿总统的绯闻称"莫尼卡门"，最近德国前总理科尔的基民盟竞选基金丑闻又被称之曰"科尔门"，门之不已。

这门那门的，似乎专对政府首要，专门是摸老虎屁股的。"水门"把一个现任总统赶下了台，"伊朗门"让在职总统里根头疼了好一阵，"莫尼卡门"也搞得克林顿总统几乎脱掉一层皮，险些遭弹劾。"科尔门"尚未了结，正在追查扩大之中，已逼得科尔狼狈不堪，又是道歉认错，又是辞去基民盟的名誉主席，是否会被起诉判罪还在未定之天。

科尔当了十六年的政府总理，在他手里实现了东西德的统一，对德国说来，即使不是英雄，也算是立了功勋的。据外电报道，捐助的竞选基金也没有落入他的腰包，贪污的罪名似乎加不到他的头上。顶多是下台后还仗着过去和资本家的老关系，坐几趟揩油的飞机旅行之类，略近于以权谋私。这类事要发生在咱们这里，真叫做小菜一碟。而且，即使说"刑不上大夫"的老规矩如今已不大行得通，但前任和现任的一定地位的大亨的劣迹，早已纷纷传扬了也还得捂着盖着点儿，隐恶扬善是咱们的传统美德，大人物尤宜珍护，捅不得。

所以呀，人家愈是大人物愈要这门那门地曝光，咱们这里有时候则如北京话所说的：没门！

【原载 2000 年 2 月 25 日《今晚报》】

多点人文关怀

别处不知有没有这样的谚语，浙江民间却流行着一句嘲笑不明事理者的调侃之词，说一个笨媳妇抱怨她的婆母："咸鱼里放了盐要怪我，豆腐里不放盐又要怪我。"这笨婆娘不省悟自己的处事乖张，当做不做，不当做偏做，反而对婆母的合理指责发牢骚，于是益形其愚蠢和颠顸。

鉴于咸鱼里不能加盐，因而在豆腐也便不加盐这样的傻事是不大会有的，是形容过甚的夸张之词，但由错误的一极倒向错误的另一极的事却不少见。比如，政治上强调反右便倒向极"左"，经济上批判"小脚女人"便倒向荒唐的"跑步进入共产主义"，诸如此类乖张颠顸的折腾都一次次地发生过。

在文化市场里，也有加盐和不加盐的问题。

建国后的头三十年，对文化娱乐市场管头管脚的，管得严极了，咱们不提在意识形态统辖下"舆论一律"所造成的种种弊害，只从一点上来回忆一下那时的清教徒风习。当时主张：凡读一读小说，进一回剧场，听一回演奏，都是受教育，都是进阶级斗争大课堂，都有神圣的政治意义。最后弄到只有八部样板戏和一个御用小说家的几本小说可看的荒唐境地。这是大把地加盐而导向文化沙漠化的一极。

鉴于以往加盐过多的过失，这回又该加的也一点也不加了。改革开放了，严酷的意识形态整顿解除了，多样化了，娱乐休闲的东西也容许了，这很好。但如今好像"消闲"成了文化娱乐的全部内容或至少是压倒性的内容。上面是否这样主张不得而知，但舆论导向是分明如此干的。于是散播庸俗趣味的流行歌星成了宠儿，"为消闲而消闲"的纯消闲的东西统治了市场！听一曲贝多芬或莫扎特，打四圈麻将同样是消闲，那效应的不同无待细说。何况上述一些更甚于打打麻将！

虽然无法禁止，但容许存在并不等于鼓励，有的是宏观调控的办法。传媒不宣扬起哄总是可以的吧，咱们不是有宣传纪律和"打招呼"的方法么?!

希望对文化市场多来点人文关怀。

【原载 2000 年第 5 期《中华英才》】

拍巴掌的另一只手

如今人们对三陪女、异性按摩、洗脚房之类已经见惯不惊，视同寻常了，但前些年还是社会訾议的热点之一。记得有一次似乎是全国性的扫黄检查，南北各城市展开了风化整肃，当时传媒纷纷报道查获了多少这类色情买卖，各地都有一批这类"女郎"被拘留，被教养，经营此类肮脏行业的老板被处分的消息；可是对涉足这类色相场所的猎艳者却很少曝光，可以想见，那是和官员们的腐化密切相关的。于是，那阵子颇在报刊上出现了一些质疑的文章。就我所读到的几篇说，主旨只有一个，即，常言道："一个巴掌拍不响"，卖淫和嫖娼是互生现象，有买的才有卖的，无此即无彼；而且，出卖色相的都是弱势的一群，何以只诛伐"女郎"而对强势的买方网开一面，不让这些丑类亮亮相呢？我以为这一诘难很有道理，而且还认为，整肃风化之所以收效甚微，一阵风过去就会故态复萌，关键怕也就在这里。

　　不曝猎艳者，即买方人士的光，肯定也有不能曝的难言之隐。可揣想的是，或是其中有头面人物，碰不得；或是管整肃一行的人和该曝光的人士有渊源瓜葛，得赏面子；或是还要照顾该曝人士的所属单位的面子或曰威信，因为咱们这里，都是"人在单位中"（这是一篇相当著名的文章的题名）的，不看僧面要看佛面；如此等等。当然，这类猎艳人士中，还有些是外国人，港台人，要考虑影响的，甚至与招商引资与外贸有关。总之，以少惹麻烦为妙。

　　这事不得不令人联想到当前从中央领导到全国群众密切关注的整肃贪污这一重大问题。贪污案中，当然有些是化公为私，将公帑窃取入私人的腰包的，但更多的应是假权纳贿。恰好贿赂一事，也是一个巴掌拍不响的勾当。不论是行贿者为了谋求好处的自愿，还是受贿者示意乃至要挟，都得这边有人上供，那边才能笑纳，这是不争之理。依法律，受人贿赂者有罪，以财货贿赂人者也犯法。前者应依律惩办，后者也难逃犯法之责。但是，具体执法的内部情况不得而知，至少在公布贪污案的报道之中，很少见到行贿一方情节和处分的曝光。惩办贪官而公布之是为了以儆效尤；那么，对那些犯行贿罪的一方，不也该曝他们的光以儆他人的效尤么？

衷心希望这不是由于难言之隐而不曝另一方的光,更希望根本就没有难言之隐。

【原载《深圳周刊》2000 年第 11 期】

"不以人废言"和
"知人论世"

上回在《编书杂想》（刊《文学自由谈》2001年第1期）一文中，谈到了立德和立言的形影相依的关系，也即是文格与人格相表里、风格即人的话头。当然，人与文的关系要复杂得多。世人于是有罂粟果汁熬成的鸦片虽毒，但罂粟花却很可爱的蹊足比喻来隔离人与文，通行说法叫做"不以人废言"。有些特殊材料构成的学者准学者还攀附诗圣杜甫，以"世人皆欲杀，我意独怜才"，为自己的嗜痂癖辩释，而不问社甫所咏的对象李白并无"可杀"之罪，而自己所怜的"才"却是汉奸卖国贼和为虎作伥的告密佞人，名节丧尽之徒。这些年一些人的狂捧周作人，曲辞为舒芜辩释，就属于此类。

"不以人废言"，这话在一定场合下有道理，但须严格地限制在其人的某些"言"，更不应因其某些言之可取、不可皮而宽贷其人。某种意义上，这只能是废物利用的意思。

凡事都有个分寸，这使我想起了"文革"时期的一件旧事。一位同事，是江西分宜人。也许他家重视乡邦文物吧，从祖上就传下一部极罕见的严氏家刻本《钤山堂集》，上佳的明中叶刻本。严嵩当然是个大权奸，坏事做得不少，害了不少人，但我读过这本罕见的书，他的有些诗和文章确写得不坏。我认为在慕古佞古成风的明代诗文中，还算是可读的。红卫兵抄家，领头的好汉是懂得一点文史的，抄出这部书，可了不得，书被当众烧掉。这位同事挨了好一阵批斗，胸前挂的牌子谥他为"大奸贼严嵩的孝子贤孙"。当时是疯狂年代，这样的怪事是家常便饭。即使是发怀古之幽思，恨一个古代的奸臣也不该迁怒于今之藏书人；而且《钤山堂集》即使还有存世的，也已极为罕有。就算作为历史文献，如那时所说的"反面教材"吧，也不该毁掉。这就不是矫枉过正，而是丧心病狂了。

但倘若反过来，觉得严嵩的诗文有可取之处，就大为之吹扬，隐然以为其人也有可取之处，便同样是另一极的荒谬了。

不以人废言的同时，更重要的是要"知人论世"，要考察这个人在自己的历史环境中干了些什么，骨头如何，倾向如何，情志如何。在考验性的关头更其如此，立言的人更其如此。大关节目必须及格。否则，文章写得漂亮也不过是文章写得漂亮而已。而且，逃不过文如其人的铁律，善于知人论世的明白人终能从费尽心机的矫饰中看穿其底细。无论耍什么花样，其人自己的文字会出卖他。

穿着皇军军装登上检阅台鞠躬如也的苦茶斋主人的表演，难道是附逆当了督办大人以后才出的丑么？早在上世纪三十年代全民救亡事亟之时，他就在讽刺包括兄长鲁迅在内的抗日御侮力量了。献出私信来告密邀宠的风云儿难道直到罗织成《材料》才露峥嵘么？早在写《从头学习》和《公开信》时就已蓄势待发了。前者的死不认账，诡称被逼；后者的先以学术为政治，还政治为学术，种种做作，稍能知人论世者都可瞧透。历史摆在那里，不论自己如何狡辩旁人如何曲予代辨，都不管用。

讲文章写得漂亮，则张爱玲确是鸳鸯蝴蝶派和西风派混血文学中的翘楚，当今走红的琼瑶女士和她相比真太小儿科。张爱玲的处女作《天才梦》发表于《西风》杂志，成名作《沉香屑》发表于鸳鸯蝴蝶派的杂志《紫罗兰》上。这是象征性的又是实质性的遇合。她的刻画性压抑的女人的变态心理的小说《金锁记》确实有一功，以致蒙几位批评家的谬奖；而真正被捧上天却是由于美籍华人夏志清的小说史。这本小说史是为美国中央情报局做中国文化的背景材料而作的，书中荒唐地将她和鲁迅相提并论。西风东渐，国内不明底细的人也跟着起哄，至今还有人在嚷着"说不完的张爱玲"，简直叫人作呕。

张爱玲虽没有附逆，但她嫁了汪精卫的宠儿，汪伪政权的宣传部政务次长胡兰成。婚后成为大汉奸周佛海公馆的常客。日寇投降后，胡兰成被通缉，逃到浙江温州，张爱玲还赶了去。不料这逆贼已另姘上了别家的姨太太同居了，被甩掉的张爱玲才绝望而归。她后半生的作品可以总名曰《弃妇怨》。试想想，一个女人的爱情追求难道只是对方长得俊，风流潇洒，或床上功夫好，或是大款大腕？不要讲识见、志趣、人生选择么？一个甘做卖国贼老婆而且恋恋不舍的货色，其灵魂又是如何？这些都不是生活细节，而是顺逆、是非、美丑的大问题，在知人论世上是通不过的。

难道只有中国人才讲气节，才对丧德败节之徒鄙视而厌弃么？所有民族都如此。举美国意象派诗人、批评家庞德（EzraPound）为例。此人本世纪初曾翻译过中国古诗《中国》，中国读者也很熟悉。他曾是乔伊斯、艾略特等大作家的引路人，声名显赫。但二战时投靠法西斯头子墨索里尼，充任罗马电台主持人，攻击民主阵线，包括美国的反法西斯政策。1943 年被美国政府判处叛国罪，次年被美军俘虏收监。关到 1958 年释放，为美国文坛和读者所不齿，只得灰溜溜地回到意大利威尼斯定居，郁郁而死于异邦。他的意象主义理论至今还有人谈到，也算是不以人废言吧。但人却臭了。人家也讲究知人论世，大节上的顺逆是非哪个民族都重视，绝不会像中国某些人这样，向丧失大节的棍徒献玫瑰花而行若无事的。

【原载 2001 年第 2 期《文学自由谈》】

历史责任感的老调

一件往事遇机触缘常在我脑中泛起。1947 年夏天，我碰巧与已故徐铸成先生同车，由南京回上海。那时正好《文汇报》和《联合时报》、上海《新民报晚刊》等三家进步报纸被蒋政权封禁后不久。谈到时局，徐先生沉郁地道："《文汇报》是站在第一线的，现在第一线没人挡了，看别的报纸谁能承担……"接着是评估了几家别的报刊，那些话如今都不宜说。徐先生当时的感情是很沉重的，那分庄严的历史责任感在一般报人中并不常见，使我深深感服。

1957 年《文汇报》和徐铸成被点名批判时，我想起了这次谈话；二十世纪五十年代后叶"莺歌燕舞"时期，报刊的表演也每使我想起这次谈话。"文革"前夕，我和徐铸成在上海出版文献资料编辑所同事。当时凛冽的环境和气氛人们都避免谈天，他也很守默而消沉。只有一次下班后同路，我问："徐先生，您还记得解放前我们有一次南京回上海那回的事么？"他说："记得。"

我又问："还记得您当时说'第一线'……"他摇摇头，苦笑道："现在还谈这些干什么！"直到后来八十年代，一次在美琪戏院对面大楼他的寓所谈天时，我还提起了这件往事，他叹道："现在谈起来，真有隔世之感。"

……我为什么要唠唠叨叨谈这件似乎是无关紧要的往事呢？是从这事感慨于新闻从业者的历史责任感，而耳目所及，如今正是这种庄严的责任感在这一行业中人极度缺乏；换句话说，新闻从业者敬业精神的这一核心普遍被忽视的现象令人可悲。

较之学识和专业能力，历史责任感对于这一行的人更为重要。传播媒介不仅是社会的耳目喉舌，更是社会的良心。发布的信息和言谈都将影响受众，产生可以想见或难以逆料的社会效应。有些事是传媒从业者所无法抗拒的，例如，上面提到的上世纪五十年代"莺歌燕舞"时期粮食亩产量上加圈儿，至少我所认识的好几位报纸编辑是看透这种荒唐的浮夸的，但谁也不敢违抗这种倒行逆施。那种历史责任不宜苛求某个新闻工作者来承担。但有些信息和言论，确是人们得以从社会效果的利弊加以选择弃取的。比如，某个女影星新近怀孕了，某个歌星因桃色纠纷而发生婚变了，诸如此类邻猫生子的无聊消息有什么提供

给社会的价值? 除了煽起追星族的庸俗趣味以外,
还能有另外的积极效应么?

当然, 这里所举的只是点小例子。面对着纷
繁的社会现象, 传媒从业者在对任何信息和言论
的选择和处理中, 都有辨认其对社会的利弊, 从
而, 都有历史责任感的问题在内。我常常想起报
告文学的奠基人, 捷克籍德国记者基希的一句话:
"新闻记者是社会的守望者。"基希认为一个合格
的记者"要锻炼自己能敏锐地辨别社会风向",
"随时向社会敲响警钟, 是记者的神圣职责。"
(T·巴克《与基希对话》) 这当然是高要求, 不能
奢望每个记者都能做到; 但既然干了这一行, 历
史责任感总该随时记在心头, 遇事慎思明辨一下
是必要的。

中国传统的敬业精神中, 有"临事而惧"这
一条。说的是不论大小事务, 都要战战兢兢地慎
重对待, 认真判断。否则, 干新闻的人就只会媚
俗、起哄, 以至所掌握的传播工具不但丧失为社
会导向的作用, 反而降为落后意识和低俗趣味的
俘虏和鼓吹者——当前大量的传媒都在干这样的
事, 令人不禁浩叹。

社会责任感, 历史责任感, 是每个成熟的公
民应有的道德意识。作为"社会的守望者"的传
媒从业者尤其不能须臾忘怀。可是当前不重视的

正是这个生死攸关的基本观念。提这些，是一个起码的老调，但症结在此，老调也只有一再重弹，哪怕人不爱听。

【原载 2001 年第 4 期《新闻记者》】

清王朝"精神"复辟

上世纪前半叶，崩溃后的清王朝闹过两次复辟。一起是辫子将军张勋扶宣统皇帝坐龙廷的短暂的闹剧；一是在日寇的卵翼下溥仪当了十多年"满洲国"皇帝。前一次只是一瞬即逝的黄粱春梦；后一次架子倒搭得像模像样，但小朝廷的诏旨出伪满皇宫就得受日本人的检查，皇帝陛下对一个区区日本军曹也得低眉赔笑，是一个百分之百的傀儡，更不说在名义上也只在东北一隅复辟。

这两次复辟都很惨，哪伯是本民族的满族臣民也深觉没趣、没脸；只有几个颟顸的孤臣遗老沐猴而冠地陪侍着演戏。没料到世纪末却来了一场真正的复辟，当然是电影电视上的复辟，精神上的大复辟。清朝的十代皇帝几乎全被请上银幕或荧屏亮相，而且个个都是英明仁德，风流潇洒，智勇过人，"爱民如子，兼擅泡妞"（这两句我是从一篇文章中抄来的，不敢掠美，特此注明）的有趣人物。这回可获得了大量影视观众的衷心爱戴，票房价值和收视率奇高，感动得人人都想

到这些皇帝治下的王道乐土中去过快活日子。和
那两次倒霉的复辟一比，这回的精神复辟可真是
灿烂辉煌，风光旖旎得令人陶醉。

其中"康乾盛世"的三代皇帝渲染得更为花
团锦簇，可亲可爱。陛下们不仅"爱民如子"，而
且两位喜欢下江南巡游解闷的康熙、乾隆还深入
民间，以万乘之尊和平民打成一片，抱成一团，
有说有笑，真是阳光普照，煦育万物。连人们一
向认为阴鸷惨毒残虐百姓的雍正爷，也竟是一位
英明圣君，还和"改革"搭得上界；这位凌辱糟
蹋文人，变尽法儿摧残知识分子的人格，把读书
人训练成奴才的恶魔竟然是如此令人又敬又爱的
好皇帝，谁不甘愿在这位陛下的治下乐享太平？
这种舐痔吸痈的谀颂连孤臣孽子的清朝遗老也没
有如此大的胆量干的事，如今竟然见之于这场二
十世纪的精神复辟，确实可以大大告慰"我大清"
列祖列宗的在天之灵了。

此之谓"皇帝热"。不知哪位聪明人能想得出
这一"复辟"对中国文明有什么好处？

或曰：你未免太偏执。那是历史剧，是艺术，
是艺术家的艺术虚构。人家愿意把清朝皇帝解读
成如此可爱，给大众找点乐子，营造一点欢乐祥
和的气氛，有什么不好？比前些年台湾输入的
"戏说"历史片的插科打诨，胡调一气，不是更正

规，更上层次么？

对曰：此言谬矣。该类参与制造清王朝"精神复辟"的所谓作家艺术家，似乎没有听见过他们已现年两百岁或至少现年一百几十岁，倘是那样的高年，曾是"我大清"治下的臣民，则歌颂吾皇万岁是他们的分内事，毫不足怪。怪的是，今天的人还要恋念专制帝王统治的美好光景，舔嘴抹舌地欣赏之，赞颂之，美化之！历史剧当然可以写，伟大的莎士比亚的前期剧作中就写了不少以国王命名的历史剧，后期的悲剧中也都有帝王出场。但这位伟大的人文主义者的这些不朽杰作中的帝王，叫亨利的也好，叫理查的也好，都是一些或狠毒、猜忌，或昏庸、颠顸的角色，个个周旋于权术、欺诈、阴谋诡计和宫廷斗争之中。那才是帝王的本色、本质和人格实况。封建帝王这类家伙，大多数是坏东西；偶有若干生性不坏的，乃至被称为圣明君主的，也为他们所处在的制度所限，他们要代表那个恶的制度，身不由己，和坏透的货色比较，顶多也只是在坏的程度上稍有差别。这里用得着"天下乌鸦一般黑"这句俗谚，对他们，应如否定这统治了历史几千年的专制制度而否定之。当然，历史是复杂的，在具体论证历史人物的历史功过时，应该按照历史唯物论对人物和历史作审时度势的评价，不埋没某些帝王在某时某事上代表着推动历史前进的势力（也绝不是这帝王一人之功），做过好事，但绝不意味着要诱导大众做好皇帝梦，容忍今天的人还要像十七八世纪的人那样写《永庆升平》、《乾隆下江南》那样的肉麻吹捧"吾皇万岁"的玩意儿，干"精神复辟"的事业。

中国人经历了几千年的专制统治，旧意识、旧风习根深蒂固，在这片土壤上宣扬陈腐意识是有市场的，此所以皇帝戏、清官戏、武侠戏都能卖好价钱，有人乐此不疲地制造，有人趋炎附势（因为这类货色走红）地叫卖，乌烟瘴气，自得其乐。说是给广大观众提供娱乐，却偷偷给人灌输陈腐意识。瞧，皇帝们是多么可爱有趣呀！在这些圣帝明君治下的王道乐土中过日子不是也不坏么？向心智尚未成熟的少年儿童灌输这类迷糊历史的玩意儿危害更大，我就亲睹大楼下孩子游戏时，扮演着皇帝、大臣、侠客什么的，玩得有滋有味。这些比"戏说"历史更坏的皇帝戏即使不会一辈子在他们的头脑中作祟，沉积在潜意识中也绝不是良性因素。看来，鲁迅《狂人日记》中"救救孩子"的呼喊，即今还有其现实性和迫切性。

【原载 2001 年 5 月 2 日《今晚报》】

人治心态与素质教育

依法治国的合理性和优越性是无待解释的。法治的对面是人治，人治漫无准绳，或有准绳也不依着办。那结果，当然是大老爷说可爱，就赏银十两；大老爷说可恶，就打屁股百板。至于如何治大老爷呢，则更大的老爷以至最大的老爷也都以喜怒恩怨发落。自然有时也有点舆情呀、民心呀、种种势力的倾轧冲撞呀之类的条件制约，驱使办事公平点或更不公平点，但"王子犯法，与庶民同罪"的情况罕见，"刑不上大夫"倒是惯例。

古代儒家以人治来维护社会秩序的理想境界是"德治"。《论语·为政》所谓"为政以德"是也。孔子标榜"德治"的好处是："道之以政，齐之以刑，民免而无耻；道之以德，齐之以礼，有耻且格。"意思是说，用政令法律为准，犯法者给予处分，能勉强管住人不犯法，不能消灭人的坏心眼，即犯法的动机和潜在危险依然存在。与法制相对的"德治"（或曰礼治）则可以达到

"格其非心"，使人向化而归善，天下于是太平。想得倒美，可那得天下全是圣人。这种把社会秩序的维持寄托在人的善良愿望上的如意算盘，与说废话无异。

道家主张"无为而治"，这是为人治设计的另一种最高境界。但"无为"者，"无为而无不为"。换句话说，不该管的不管，该管的还是要管。至于哪样不该管哪样该管，管得宽还是管得严，那就只能"运用之妙，存乎一心"，有如上海旧时的一句歇后俚语"大舞台对过——天晓得"了。

稍一推究，便可发现儒道诸家的人治妙法，不论"德治"或"无为而治"，都是上头治下头，权力者治老百姓的，上头和权力者不在该治的设计之内。万宝全书缺只角，偏偏这只角是致命的角，不受管束的权力是灾难，不受管束的权力者是灾星。于是在人治制度下，只能祈求治人者的善良愿望，老百姓的希望只能寄托在明君清官身上，外加点超人般的侠客来行侠仗义，锄暴安良；有如吃够了伪劣商品之苦的无告消费者盼望再有个把王海来打假一样。人治制度（即有人治人，有人被治）下只能培养出人治心态。

依法治国，好极好极。但几千年的人治积习，法治并非提倡一下，宣扬几句"法律面前人人平等"，唱几声"凡触犯法律者，不论何等样人，多高地位，都要追查惩办，决不手软"之类的告诫能流行无阻、毫无窒碍的。就算掌权者都公平公正，大公无私，奉公守法，善自检束，即充满善良愿望（这样的要求大概也只就是善良愿望），也还是自上而下地管治，一个巴掌拍不响的。更重要的可能是决定性的力量，应该是国民的监视、督促乃至迫使当权者非依法办事就混不过去的氛围。这就是首先要改变习染已久的国民的人治心态。

人治心态就是在漫长的人治制度、风习下塑造成的恩赐心态，说得难听点是奴性。也就是仰仗明君、清官或什么救世主来维持公平、公正、公道。常言道"见官矮三尺"，鲁迅也说过："赵太爷田都有三百亩咧，他老人家讲的还会错么？"自己不把自己当做人看待，只等人来治他，即使普法教育开了点窍，人治心态不变，充其量也只能在本身受到冤屈时"讨个说法"，讨到了说法也还是感激涕零，认为是恩赐，仍是仰仗青天大老爷的人治心态。

摆脱人治心态，就是要使国民人人深知、深信：依法办事，任何人都得受法律的保护和约束，没有人能凌驾于法律之上，超越于法律之外；不是谁恩赐，而是人人应享有的权利，当然包括守法的义务。别以为改变人治心态是容易的事，这是"树人"的工程，的的确确是把人树立起来，站直身子，敢于行使自己的权利。常言道"百年树人"，得花几代人的工夫才能奏效。二十世纪初，以鲁迅为代表的先觉者就已大声呼喊"改造国民精神"了，一个世纪以来，由于种种事变、战争、政制更迭、许许多多人为的折腾，加上野心家的故意造神，中国人还没有"树"起来，没有站直。大量可悲的事实不说，单看至今人们还在唱"太阳升，大救星"之类的赞美诗，就可以判知和"全靠自己救自己"（《国际歌》）的精神状态差得远。在这样的精神状态下怎能奢谈法治？

道理是如此简单，要法治必先树人。当前呼喊得颇为热闹的"素质教育"其核心应该是树人的教育。素质教育的基本内容应该是人文教育、人格的教育，简单而言之是人的自尊教育。其目的在于培养得国民人人自知并确信；自己是不依附他人的独立的一员，拥有不亚于任何人所拥有的社会权利（和相应义务）。不论对方是何等样人，长官或者老板，我和他们在人格上是绝对平等的。我必须自尊，当然也如尊重自己一样地尊重他人，并要求他人也理应像我尊重他们一样尊重我。我遵守社会契约，诸如法律，公认的道德准则，不损害他人，这就是尊重人，同时也是自尊。反之，我不能容忍任何人不遵守社会契约，违反公德和损害他人。人的社会地位可能因才能、机遇而有所不同，但人格是平等的，咱们无论谁都得平等交往。这就是蜕除了奴性的人应具的人格意识、人的素质。只有国民具备了这样的人的素质，才能摆脱人治（实即人治人，有人治人，有人被治）心态。

这道理真是常识以下，但如果素质教育不目标明确地以此为基点，为核心，以理性启蒙，以多元化的智性培养，在社会实践中身体力行，长期坚持，则很难奏功。麻烦的是，社会上有部分人（不说明原因也罢）是不喜欢"改造国民精神"，或口头赞成心里摇头的。这绝非随便乱说或故意猜疑，只要想一想很长的一段时间里的造神运动，只许信仰不许判断的历史，就知道此中奥妙了。

从二十世纪初呼喊"改造国民精神"算起，咱们已经耽误了一百年。我们这个民族已经耽误不起了！悠悠万事，"树人"为大。"树人"一事，以树立人们人文意识、人格自尊的独立意识为本。岂止依法治国端赖于此，社会文明、国族强盛，哪一样也离不开国民素质的提高，这真叫是硬道理。

【原载 2001 年第 5 期《素质教育》】

从一则故事谈对人"平视"

　　一位广州来的朋友给我讲了一个他所目击的故事，一种说不清的思维路数，这故事使我联想到《儒林外史》。故事本身是社会新闻中常见的"拾金不昧"型，值得注意的是归还失物后的一场小冲突，以及从中可以引发的关于人性的思考。

　　事情是，一个外国游客，此人大概是马大哈型的，将一只提包失落在一个货摊上了。那摊贩，不仅是一个正派人，过后还可以证明是一条铮铮铁汉。这摊贩发现了这只提包，急忙赶出来追还给失主。那老外十分感激，里面显然有不少现金和重要物件。为了酬谢，他从提包中取出百元美元送那摊贩，后者坚决不收，洋人拉住他的手硬要给，摊贩则拼命地挣脱手推让。本来是很礼貌的交涉，哪知皇帝不急太监急，陪同着老外的一个翻译模样的人发起脾气来，像训斥仆役似的大声训斥那摊贩，话说得很难听，大概是骂摊贩"贱骨头"之类。被惹恼了的摊贩也回了一句恶毒的詈骂，那句粤语我在此无能复述，大概是"舔洋人屁股"的意思。于是冲突增剧，双方都气势汹汹动起手来，摊贩怒而掴了对手一掌。挨了打的一方便要把摊贩拉到派出所去，还是老外再三劝阻才罢。

就事论人，这位拾金不昧又坚辞酬谢的摊贩，除了动手打人略可责为粗暴外，无懈可击。平白被辱，一时冲动出手，且有可谅解之处。那位陪侍洋人的先生，其所以敢肆意发威，盛气斥人，先不论其是否有倚洋人以自重的假洋鬼子心态，辱骂摊贩为"贱骨头"，其意显然是洋大人如此重赏，你竟不识抬举，非"贱骨头"而何？是否崇洋人、媚外宾这点姑置不论，其心目中瞧不起摊贩，视为下等人，而自以为身价高出一等，不妨任意凌辱，缺乏人与人之间人格平等的观念，亦即起码的人文精神这一点，则是可以断言的。

滔滔天下，这种对人缺乏"平视"态度，对上则卑躬屈节，对下则趾高气扬的恶劣习性，可谓弥望皆是。恭上倨下，一阔脸就变等等丑相，竟是人间常态。可能由于这点触发，思想跑马，突然想起了《儒林外史》。

《儒林外史》的作者吴敬梓是十八世纪初的人，不可能接触西方人文主义思想，但他是最早洞察传统文化的危机，并以小说揭示了这种危机导致了社会颓败的先觉者。可能正是由于这种觉醒，他自发萌生了人无贵贱高下都应平等相处的人格平等的理想。小说中不仅鞭挞了那些见人头变嘴脸，或奴颜婢膝，或气使颐指的丑陋人物和炎凉世态，更特别浓墨重彩地描绘了身居高官的向鼎和执"贱业"的优伶鲍文卿之间人格平等的交往、生死不渝的道义，对这种合于人道精神的人际关系致以衷心的赞叹。尤其能表露他尊重下层人民的平等观念的，是小说结尾《添四客述往思来》一回，将维系社会风雅的责任寄托给季遐年、王太、盖宽、荆元等四个市井中人，他们的身份是寄住寺院的无业者，卖火纸筒子的，开茶馆的和裁缝师。一个十八世纪的文人，具有如此人人平等，人人有人格尊严的思想与人文的精神，的确令人敬仰感叹。反观今日的世情，以上文所述卑视人格比自己高尚得多的摊贩的这位先生为例，怎能不令人感慨系之？

对人"平视"，尊重所有的人，才是最高的自尊。多咱中国人，至少大部分人能有这样的人文观念，视为理所当然，那么官本位之类的风习便能消歇，仗权仗势干坏事的现象庶几能制约，毛泽东说过的"中国人民站起来了"的宣告庶几得以真正兑现。

【原载 2001 年 7 月 6 日《深圳特区报》】

神经衰弱者才要大团圆

我第一次现场观看芭蕾舞剧《天鹅湖》是在上海解放前夕的 1949 年 3 月，由上海俄侨俱乐部在蓝心剧院演出。

同去看的有已故好友叶帆。散场回家路上，叶帆说："想不到俄国人也喜欢大团圆，这个戏如果王子终于不和白天鹅团圆，以白天鹅的悲剧结束，可能更好一点。"我想了一下，试作解释道："俄国地跨欧亚，大概也有些东方人的性格，不大受得住悲剧，所以要大团圆。"

这以后，每次现场或在电影电视上看《天鹅湖》，便会想起那晚叶帆的那番话。有时还瞎联想：如果白天鹅被弃，含怨以终，那憔悴孤寂而死的一幕，可用圣桑的《天鹅之死》的曲调作结……

万没想到，不久前读到《参考消息》转载的外电，柴可夫斯基的原剧，本来真是西格弗里德王子为黑天鹅奥季丽亚的魔力所魅惑，迷恋于她而抛弃了奥杰塔，后者在悲痛欲绝中死亡的。此剧在前苏联演出时，因为权力人物干预，说生活美满的苏联不该有悲剧，于是大剧院的艺术总监格里哥罗维奇只得违背柴可夫斯基的初衷，令痴情的白天鹅与西格弗里德王子破镜重圆，皆大欢喜云。

原来是这么一回事！

人生充满着悲剧，只有缺乏信心，感情脆弱者才不敢正视现实，要在幻想中逃遁，编织虚假的欢喜自慰其孱弱的灵魂。这样的心态便缺乏接受悲剧艺术的魄力，给苦难的现实强行装点欢容，搞个"光明的尾巴"，事事以大团圆谢幕。这种鲁迅所说的"瞒和骗的艺术"我们中国人最熟悉了，几千年的专制统治把人训练得软弱，驯服，哀而不怨，温柔敦厚。受屈无告之余，巴望好皇帝、清官作主，再不就巴望出个把侠客来锄暴安良，解怨泄忿。这些都巴望不到时，就幻想冤魂报仇，地下团圆，神鬼施灵，还我公道。总之，是各色各样的大团圆来化解和补偿，还要将这种缺乏悲剧气质的逃避现实美称曰"浪漫主义"。

读《新闻午报》2001年4月10日第7版大标题曰：《金庸热，一种奇异的阅读现象》，我看一点不奇异。康熙皇帝、雍正皇帝、乾隆皇帝的书和影视片不也是很热么？答案就是不敢正视现实，只好到"瞒和骗的艺术"里去找乐子。

没想到前苏联的权力人物也早已在训练其国

人回避悲剧艺术了。其不敢直面现实人生，要给悲剧点欢容的心态，是否也曲曲折折地反映出了某种精神上的虚弱？当然不能推论出这种虚弱是导致了前苏联终于崩溃的征候，但精神强旺信心充沛者之不会害怕现实，无须畏惧悲剧艺术，却是肯定的。只有患神经衰弱症的人才需要"瞒和骗的艺术"，才需要大团圆。

【原载 2001 年 8 月 31 日《文汇报·笔会》】

从一则洋幽默生发

  若干时日前，在《参考消息》上读到一则洋幽默，以其十分俏皮，堪称隽永，就"下载"到了记忆里。下面记下的不免语句上有点出入，但相信大意不会错：

  一个医生下班后回窝，没多久，电话铃响了。拿起听筒，对方是一位同事，说正在想打桥牌，三缺一，要他赶紧去。医生说："马上就到。"

  妻子惊奇地问："情况很紧急吗？"

  医生回答："是的，已经有三个医生在那里等了。"

  医生没有说谎，确实有三个医生在等。但医生也没有说实话，因为妻子问的"紧急"，是以为某个病人有紧急情况亟待处理，此"紧急"不是那"紧急"，医生丈夫顺水推舟，打了一个马虎眼。没讲实情，归根结底还是同说谎无异。

  细想一下，人世间这类顺水推舟的打马虎眼的事儿也可能发生。这回的医生只是去赶牌局，打牌不能算坏事；但如果那三位医生同事是约他伙同去做不端的事，比如，瞒着妻子去寻风流快活呢？回答也没错：三个医生在等着。就回答的本身一点碴儿也找不出。

这还不过是家庭间的细故，丈夫干坏事，也只是对妻子不忠，其后果坏得了不得也仅只是家庭破裂而已。如果把医生和妻子的角色改换一下，改成官员和群众，那情况，那后果，就大不一样了。

有不少干部成天忙乎着，鬼知道他忙乎些什么？一会儿电话铃响了，干部拿起听筒，唔呀着，说："马上到！"如果有群众过问："紧急事情吗？"他也会正儿八经地回答：紧急，有一个或几个人在等着呢!他也许没有说谎，真有一个或几个人在等待着他。可鬼知道他们谋划些什么，或许是接洽一笔进账，或许是布置怎么捂住丑事不让曝光，或许是什么必须黑箱操作的事儿，等等。总之，他忙着，忙得不亦乐乎，忙得冠冕堂皇，忙得正人君子状，忙得有滋有味……

但这里头没有幽默，连黑色幽默也没有。

【原载 2002 年 12 月 11 日《今晚报》】

厄瓜多尔人的迎新风俗

　　每个民族都有特殊的节令风俗，作为人文景观，为民俗学家所乐道。哪怕是全球通行的节日，比如迎接新年，应令的习俗也各不相同，五花八门。这里头可以觇见民族性格，也颇堪知人识世，十分有趣。

　　今年元旦的《参考消息》，以《贺岁花絮》为题，刊登了外电报道的几个国家民间辞旧迎新的景象，其中最有趣的是南美国家厄瓜多尔的民间风习。转述怕走样，电文也不长，兹抄录其原文：

　　厄瓜多尔人除夕夜焚烧布偶玩具来迎接新年。这些人形玩偶"长着"一副政客和运动员的面孔。人们将点燃这些玩偶，并把它们踩在脚下，以此发泄一年来心中的怨气。

　　今年最受欢迎的是即将卸任的总统诺沃亚与当选总统古铁雷斯的玩偶。在基多市区及郊区的每个角落，人们都可以买到大大小小价格不同的总统玩偶。

　　除夕夜间，按照厄瓜多尔的传统，一些男人会穿上女人的衣服，化妆并戴上假发为焚烧的玩偶哭泣。他们扮做这些"名人"的"遗孀"，向过路人讨要"丧葬费"。如果不给，他们会抱住你号啕大哭，直到你给钱为止。（埃莎社12月30日电）

将国家政要乃至元首的形象制作玩偶发售，这在西方国家并不稀奇，如果不是出于对此人的喜爱，至多也不过是调谑的意思。但将总统玩偶焚烧并践踏之以泄怨气，那就肆无忌惮，形同示威抗议了。还要恶作剧地男扮女装成"遗孀"，咒之死，哭丧而又向行人乞讨"丧葬费"，则更谑而又虐，类似中国旧时之送瘟神，"纸船明烛照天烧"了。

这种风习拟之于以往中国过年风俗，颇有类于民间的除夕送穷神。但送穷神即使不用羹饭祭礼，至少也得耗费点香烛；文人还须做一篇祝祷文字，著名的有唐人韩愈的《送穷文》。文意虽唯恐穷神之不走，力申与君拜拜为快，但毕竟怨而不怒，要讲点温柔敦厚之道；而厄瓜多尔人竟干得如此绝，如此淋漓尽致，总统们不知道如何受得了？看来是因为成了过节的风俗，众情难拗；又且以戏谑形式出之，多少淡化了一些对抗情绪，大人物们也就只好大度容之了。

这样"欺君罔上"的风俗，在东方国家，即马克思所说的在"亚细亚生产方式"的人文传统下生活的国民中，是绝对不可能发生的。在上世纪开头，过年过节的人得向"天地君亲师"的"君"即元首上香叩头；上世纪六七十年代也仍得向神像请示汇报，"三忠于"还来不及，竟敢焚烧践踏，糟蹋圣贤，你想造反了不是?! 再说，即将卸任的总统反正要下台了，管不着了，也许可以戏弄一下（也难保虎死威风在，而且当过总统的必然也要防他整）；当选总统的玩偶也敢如此狂妄的戏弄亵渎，厄瓜多尔人真是吃了豹子胆，这在我们简直是不能想象的。

再细玩电文，群众焚烧践踏用以泄怨的偶像都是政客和运动员。政客与政治家有别，大都是善耍权谋，利己坑人的角色，群众厌恶之不算奇怪。运动员，则在南美主要是足球运动员，也是众人注目的公众人物，他们参加国际比赛中的表现极为群众所瞩目。前些时曾有报道，说在一次足球比赛中，不知是哪一国的球队输了，竟气得该国的一个球迷，怒而砸碎了电视机。过年烧运动员的玩偶以泄愤，庶几也是输了球砸电视机的意思。因而想到，如果中国过年倘有烧运动员玩偶的风俗，那中国的足球运动员就将焚烧践踏得几无不焦类了。托庇于中国人的温柔敦厚，这些该烧的偶像们全都平安无事。子曰："不亦乐乎!"

【原载 2003 年 2 月 19 日《中国文化报·文化走笔》】

杂文不景气两题

"玩杂文"

议论杂文的不景气是近年来颇流行的话题，指责其贫乏，慨叹其式微，乃至有文章竟题作《杂文死了》，对杂文的失望之情可想。其实，导致杂文不景气的原因谁都心知肚明，多半不能怪杂文作者孱弱。这里头自然有无穷的感慨可发。

贤人说，凡事要反求诸己。在杂文不景气或不能景气的环境中，也确有一些杂文作者自我扭曲的现象。总的倾向是"玩杂文"，说得不中听一点是化批判艺术为扯淡。今年2月份的《杂文月刊·选刊版》的第一页，选载了魏剑美的《像奴才那样写杂文》一文，指出当前最常见的"玩杂文"的现象有："老爷，您的衣服上有点脏"式；摭拾《红楼梦》等古代小说和别的典籍强找闲聊话题的"掉书袋"式；援引中西学术命题作缘饰、腹笥空空却强自炫学的牛皮匠式等等。言词虽然夸张，但说的未必不是当前常见的扭曲杂文艺术的"玩杂文"现象。应该说是切中杂文的时弊的。

文章写得很俏皮，但其风格和态度却是站在云端里看笑话的冷嘲式，丝毫没有"哀其不幸、怒其不争"的淑世精神。究其实这也是另一形式的"玩杂文"，和本该是热烈地拥抱现实的批判艺术之杂文是有距离的。

这是否也正是杂文不景气的诸多现象中之一呢？

杂文不景气和"孟尝君现象"

我常常思考杂文不景气的原因。

我很同感于曾彦修对于杂文兴衰的时代背景的判断。他说："国家兴，杂文兴；国家乱，杂文亡。"（《中国新文艺大系——1979—1982杂文集·导言》）

这判断之与上世纪五十年代起至"文革"灾难时期的杂文起落现象大体符合。五六十年代杂文稍兴旺时期，都是气氛比较宽松，上头信心较足的时期，虽然一个世代的总趋势是杂文走下坡路。到了"文革"灾难，天下大乱，杂文就真的死灭了。

可是改革开放以来，国家的兴旺真可谓欣欣

向荣，何以这些年来杂文确实不景气，奇怪的反差现象何以会发生呢？

当前杂文何以不景气的原因我说不好，也不好说，但有一点却是可以看得分明的，即杂文的不景气与我下面所说的"孟尝君现象"有不能排除的对应关系。

我所妄拟的"孟尝君现象"，是从北宋王安石《读〈孟尝君传〉》一文的论点生发而来的。王安石就《史记·孟尝君列传》做的这篇翻案文章说：孟尝君不过是"鸡鸣狗盗之雄耳，岂足以言得士!"进而指出其不能得士的原因，则说："夫鸡鸣狗盗之出其门，此士之所以不至也。"折兑一下，也可表述为："夫乱七八糟的垃圾文化充斥市场，此批判艺术之所以不景气也。"

在市场上狂轰滥炸并被起劲地叫卖推销的是些什么？"天龙八部"、"地蛇十部"、"借宝格格"、"还珠格格"和歌颂拖豚尾的皇帝等"精神复辟"的摇头丸文化长期被纵容，接着又出版和叫卖抗日战争时期国民党特务文人"反共义士"无名氏（卜乃夫）的黄色小说。最近连汪伪汉奸政府的宣传部副部长胡兰成的书也肆无忌惮地出版并广为招徕了。胡兰成这个汉奸连逃到台湾混进台湾的文化大学任教，也被余光中、胡秋原等人撰文抗议，灰溜溜逃出台湾，死于日本；他的书也被台湾当局禁止。如今竟在我们这里大摇大摆地出版发行，真不知人间何世!

鸡鸣狗盗猖獗而被容忍，在这样的"孟尝君现象"下，作为人生批判和文化批判的艺术之杂文还能景气得起来么?

甲申元宵

【原载 2004 年 3 月 3 日《中华读书报》】

挤

一位编辑朋友来电话约稿，我答以实在写不出什么来。此人磨劲甚足，说："挤一挤嘛，鲁迅不是说他的文章是挤出来的吗？"我说，我怎么能比鲁迅？不要折了我的草料。鲁迅是他肚子里有货，一挤就出来了，我可是肚里空空，再挤也没戏。于是我讲了川戏《做文章》的故事以佐证我的说法：一个书僮看见他的主人搔首抓腮地写不出文章来。问道："公爷，做文章难道比生娃娃还难么？"公爷答道："人家女人生娃娃嘛，是她肚子里有嘛，我是肚子里没得嘛！"

在彼此的笑声中放话筒，眉头一皱，觉得大可以"挤"字为题，挤出篇文章模样的东西来也说不定。

夫挤者，施加压力也。人非奶牛或橙子，能够一挤便挤出乳汁或果汁。但话又得说回来，常言道"人是贱虫，不打不招"。大老爷审官司取供，就是以威胁或刑逼从犯人口里挤出供词来的。上世纪五十至七十年代要知识分子思想改造，也动辄对知识分子施加压力，逼使写检讨，为了要过关，总能写点出来。倘若交代得不爽利，上头就称之曰："挤牙膏"，简直就点明了挤的效果。至于要挤出文章来，其挤盖有二义：一曰外挤，二曰内挤。若是玩一下辩证法，则内挤是根据，外挤是条件。艾略特曾说："艺术是一种精神的排泄。"这话虽颇鄙俗，却是至理。试想排泄，是体内迫不得已的涌出，亦即内挤。苏东坡也说："昔之为文者，非能为之为工，乃不能不为之为工也。""不能不为"，是脑中之所积蓄逼使人不吐不快，一吐方快之意。可见文章是挤出来的之说，内挤肯定是主因或曰根据。

当今之世，除非你是段呆木头，触手碍眼便有的是刺激得你为主兴奋、感慨、忧患、愤懑的事，使你有一吐为快的冲动。但可喜欢可赏叹的刺激少，而可糟心可愤恨的事特多。你腹诽则可——可腹诽是憋在肚里不曾吐出的；向周围人等讲几声也还不要紧，因为如今打小报告的人究竟不多了，也不行时了。但如要形之于文字，挤成文章，却关碍多多。顾虑多多。有些被挤（内挤）得最想一吐的，挤出来往往是一场无效劳动，只能放在抽屉里冷藏，与不挤出来无异。于是心灰意懒、再也挤不出文章来了。

这回编辑朋友磨着我挤一挤，便硬挤出这篇

文章模样的东西，可称挤字文章。因仿陈四益的文末缀以韵语四行，挤出俚句曰：

文章会写必须挤，如吐如喷文乃奇。

无奈文选多险阻，吞吞吐吐倍犹疑。

【原载 2004 年 6 月 17 日《长春晚报》】

各执一词

语云："一字之褒，荣于华衮；一字之贬，严于斧钺。"这是前人说《春秋》笔法的话头。其实是文人自神其术，夸大其议论的威力之了不起，当然，这话用心不坏，意在砥砺人要行善，告诫人莫作恶，免得给后世留下话柄。俗谚又说："嘴唇两片皮，咋说咋有理。"意即对同一件事、同一个人的评论，说好说坏都可由评论者随心所欲，没个定准。有时甚至相同的议论，说得难听点或说得好听点就大不一样。比如说某女士"水性杨花"，"人尽可夫"，斥之为"荡妇"，就难听极了；如果换一种说法，说她很"开放"，很罗曼谛克"，赞之为"新潮"，这就十分顺耳了——其实，讲的是同一内容。

语言这玩意儿，确有很多魔法可耍。同一对象，爱之可颂，恶之可咒，那区别之大，诚所谓可依立场、观点之不同而大异。这是最近笔者偶尔到一处去旅行，从亲耳所闻中大兴感慨的。

那地方是我旧游之地，上下人等都颇多熟悉。

谈及当地的一个小头头，和这头头关系好的周围人等的评论，就和下面的群众天差地远。别的不说，光指同一件事：这小头头常到当地一家兼营娱乐业的餐厅去和三陪女郎鬼混。群众的议论是，这家伙搞腐化，每天晚上都玩女人，仗势白玩，钱也不出，简直是流氓。可是我当做闲谈，询及这头头底下的一个办事人员，秘书吧，他却一本正经地说：此人很能联系群众，那家餐厅倒是常去的，也不过是去了解了解情况。他向来没有官架子，男女老少都同他合得来，和群众打成一片，外面有些风言风语是事实，我看他人还是正派的。瞧，两边说法不同，你信了哪边好？——不过，到餐厅里去和三陪女郎"打成一片"的"联系群众"，实在叫人难以理解。自然我没有责任也没有兴趣去调查核实一番，但由此可以想见，许多事情的调查察访中，是会遇到这种各执一词的障碍的。

这回我旅行所遇到的，还只是一个小头头的品德和私人生活的小事，历史上大人物的功过是非的评论其实也没有两样。有的盖棺而不能论定，有的论定了的好人或坏人，仍有部分有关人等持异议；至于世界级的大人物，则即使大人物的本国或世界已众口一词地评为暴君恶魔，早就是臭不可闻的，在某些国家和地区，还在焚香膜拜，奉为神圣；且也都有其称美的说词，俨乎其然。
因此，西方的有些光头党至今还在崇拜希特勒，
就无须奇怪了。

【原载 2005 年第 301 期《深圳周刊》】

朱元璋对文人的仇视情结

　　明末张献忠杀知识分子的事，明末清初的笔记里曾大肆渲染，如用标杆量读书人，过高过矮都要杀掉之类，已近乎天方夜谭。《明史》本传有张献忠"诡开科取士，集于青羊宫，尽杀之，笔墨成丘冢"之说，也大抵是据传闻诋毁之词载笔，反正委"败寇"以罪戾是无人会来追究的；以情理推之，张献忠后期见大势已去，以农村无产者的报复心和破坏性，人是杀了一些的：以农村无产者的嫉妒心理，自己出身贫困，没有受教育的机会，对有钱受教育的士子有潜在的反感，报复起来集忿于知识分子，也在情理之中。以这点来说，这个摧毁了大明江山的最后一个"渠寇"，其实正是仿效了大明开国皇帝朱元璋的行径。朱元璋坐稳了江山还要无谓地迫害知识分子，其罪恶较"流寇"尤甚。

　　历史上以残害知识分子著名的，第一位是秦始皇。但他的焚书坑儒，是为了剿灭六国孑遗的上层人物及其文化代表，要四海的意识统一于秦，有其政治目的。清朝康、雍、乾三朝大兴文字狱，主要是因为要镇服汉人的反清意识。两者都有政治目的，虽然残暴而且难逃历史罪责，但从统治集团的利益讲还有话可说。朱元璋则既不是怕人造反，也无了不得的政治目的，纯粹由于个人的憎怒，一种出自流氓无产者嫉妒的狭隘报复心理。

只要翻一下《明史·文苑传》，即可见明初被朱元璋杀害的文人之多为历代罕见。诗人高启因文祸被腰斩，与高启并称"四杰"的杨基死于徙流的工场，张羽窜岭南投水自杀，徐贲下狱瘐死，与高启并称"十才子"的谢肃被杀，此外还有苏伯衡、傅恕、王彝、张孟兼、杜寅被杀，孙蒉、王绂、张宣充军，王蒙、王洪瘐死，戴良自杀，连开国功臣刘基也不明不白被毒死，宋濂由于皇后和太子的力救才逃了命，但据前七子之一徐祯卿的《翦胜野闻》载，仍然杀了宋濂的儿子宋若和孙子宋慎。

徐一夔在《文苑传》中没有讲朱元璋曾经要杀他，但《翦胜野闻》记有一段常为人传诵的笑话式的故事：

太祖多疑，每虑人侮己。杭州儒学教授徐一夔尝作贺表上，其词有云"光天之下"，又云"天生圣人，为世作则"帝览之大怒曰："腐儒乃如此辱朕耶！'生'者僧也，以我从释氏也；'光'

则摩顶之谓矣；'则'字近贼。"罪坐不敬，命收斩之。礼臣大惧，因上请曰：愚懵不知忌讳……

是否被开恩饶了命不知道，但此人即使活了下来，也没有什么好果子吃是肯定的。

《篦胜野闻》还有记袁凯故事一则，更可见朱元璋以喜怒折磨文臣的恶作剧：

狱有疑囚，太祖欲杀之，太子争不可。御史袁凯侍，上顾谓凯曰："朕与太子之论何如？"凯顿首进曰："陛下欲杀之，法之正也；太子欲宥之，心之慈也。"帝以凯持两端，下狱。三日不食，出之，遂佯狂病癫拾啖污秽。帝曰："吾闻癫者不肤挠。"乃命以木锥锥凯……

后来，袁凯被释放，还把自己捆在床榻上，表示服罪。皇帝也确实不断在侦察他的举动。所有这些迫害近于恶作剧，既与政治利害无关，也无文化统治上的必要，纯然由于嫉忌知识分子的仇视情结而戏弄权威。

【选自何满子《皓首学术随笔·何满子卷》中华书局2006年版】